我将前往的远方

郭强生 著

中国友谊出版公司

目录

第一章

——

欲静风止的时光

老日子

我依然记得，很久很久以前，某个夏日的夜里，与父亲躺在草席上，听他即兴自编的睡前故事：小金鱼为了找妈妈，这次又不知迷途到了哪里。说着说着，他照例自己先进入梦乡了，剩下我独醒着。

也许五岁？六岁？还没上小学的那个孩童，未来人生的一切种种，此时都还没有任何迹象。

在窗口渗入的靛静夜光中，听见父亲的鼾声，还有自己微弱的心跳。他知道，一家人都在这个屋里，此刻此地，这里就是他所有的世界。

楼下的时钟滴答滴答，远处巷口有某只野猫正翻墙而过。晚餐有面条。明天醒来会穿上幼儿园的围兜兜制服，小朋友们会一起吃点心。然后是无聊的下午，午睡。又是晚餐。之后再回到现在躺的这个地方。

印象中，那是我心中自己的存在，第一次有了模糊的轮廓。

隐约还感觉到**时光**。每一个昨天、今天与明天，都会结束在像这样的一个晚上。每一个晚上，等待睡梦来把我接走。

这就是当时那个孩子所知道的，关于生命的一切。

/ / / / / /

但是那个晚上，我迟迟没有睡意。

瞪着眼睛，望向天花板，还有从天花板垂挂下来的蚊帐，在四周越来越阒静的黑暗中，那个年纪仅有的一点思绪与联想力，悄悄如细胞繁殖，试着开始思考，或许以为，这样就可以看见一觉之后明天的自己。

我。

我在这里，醒着。

我之所以存在，因为我有父母。

父母告诉我这个可以做，那个不可以做。父母为我准备好衣服与食物，生病的话他们还会带我去看医生，喂我吃药。只要我听话，他们会帮我买玩具，还会开心地给我夸奖。

我还不会赚钱，也还没法骑家里那辆脚踏车。我也不会过马路，不知道父母上班的地方要怎么去。我不像哥哥已经是大孩子，一去学校就是一整天。我还很小，我其实什么都不会——

然后，无预警地在接下来的那一秒，一个念头石破天惊地击破了原本专属孩子们的安全城堡。我被那个念头吓到手脚瞬间发麻，无措惊吓到想哭，却又无法叫醒就躺在身边的父亲。

我怎能把父亲摇醒，然后问他："你跟妈妈会不会死？"

死，意味着尽头，一切都将在瞬间消失。

永远忘不了，人生第一次感受到死亡为何的那个寂沉深夜。思绪紊乱如闪电，每一道都在那孩子幼小无知的心头挥刀，刷刷刷刷。害怕得不敢闭上眼睛，以为这个不祥的意念随时都将成真。

如果父母死掉，我就将是一个不知明天会如何的小孩。就只剩我一个，再也不是任何人的小孩。我会生病会哭会肚子饿，但是永远不会有他们来到我的身边，把那些让人害怕的东西赶走。

当时的认知应该是，我的存在，与我的父母是不能切割的，我无法想象没有了父母的我，那会是什么。

//////

就这样，那个原本安然静好的夏夜，成为人生第一个无法触底的黑洞。存在与死亡携着手，偷偷摸摸来到床边，如同两个赶不走的恶童，整晚对我恐吓奚落嘲笑。就这样，父母死亡的这个念头，在那童稚的心中留下了人生第一道永远无法驱散的阴影。

彼时，那个尚无法独立存活的孩子曾以为，他的惊恐惶然全因自己的年幼。要等到经历了母亲的过世后他才明白，其实，无论父母什么时候离开，做子女的都不会知道，明天的自己该怎样存在，如何继续。

//////

不久前把厨房的流理台换新时，发现了一只我不知竟然还存在的盘子，藏身于一堆锅碗瓢盆中。

长椭圆形的瓷盘，有三十多厘米，最适合拿来盛一尾红烧鱼，或是摆放腌牛肉香肠火腿之类的冷盘。盘子的两头画着杏黄色的花朵与绿叶，我端详了半天，发现从幼儿园到已老花眼的现在，我仍然无法分辨那上面画的图案，究竟是百合还是金针。

但是我对它印象深刻。通常，需要动用到这只大盘的日子，一定是家中有客人来，或是过年过节加菜。原本应该是一整套的餐具，因为还记得幼时曾用过有着同样花饰的汤匙，约莫是都已同其他那些碗啊瓢啊全一件件摔坏了，扔了。但是多么奇怪，这只四十多年前的旧物，竟还毫发无损地在我们的家中。

最后一次看见它，应该是十五年前。

那是母亲在世的最后一个跨年夜，傍晚从花莲赶回台北，我匆匆去超市买了条黄鱼。母亲那时已被化疗折磨得食不下咽，但是不知为什么，我当时仍坚定相信，母亲最后一定会好起来。

马上就是二〇〇二年了，我一面为黄鱼化霜，一面找出了那只在我们家代表了节庆的大瓷盘，心想着一家三口还是应该一起吃顿应景的晚餐。我几乎认为，一道红烧黄鱼用这只盘子装着端上桌，一切都会顺利地延续下去。

已经忘了，后来那晚父亲为了什么事与母亲闹脾气，始终不肯上桌吃饭。母亲吃不下，我也没胃口，剩下大半条没动过的鱼被我全装进了厨余桶。我默默洗着碗盘，隐约感觉到，有些什么我一直倚赖不放手的东西，同时在水龙头下就这样一点一点流逝中……

后来那些年，父子二人都成了固定的外食族。我接了系主任兼所长的工作，一周得在花莲五天，只有周末才能回到台北。父子短暂周末相聚，也都是在外面餐馆打发。母亲过世后，我再没有正式动过锅铲下厨。顶多烧开水煮把面，或把打包回来的外食放进电饭锅加热。家中厨房开始成为无声的记忆，总是那么干干净净。

第一个没有母亲的大年初一，中午我和父亲来到当时仍叫希尔顿饭店的中餐厅用餐。

父亲说："你在纽约念书那些年，家里就剩两老，也就不准备什么年菜了。好在台北有许多馆子连除夕都开张，我跟你妈大年初一来希尔顿吃中饭，就算是过年了……"

当下眼前出现了我的父母独坐在餐厅里的景象，内心酸楚异常。

为什么之前都没想过，父母在这样的日子里会是怎样的心情？

是无奈？故作坚强？还是吃惊？怎么一转眼，自己已成了餐厅其他客人眼中的孤单老人？会后悔当初没把子女留在身边吗？

/ / / / / /

（只剩它一个了。）

十五年后再度捧起那只大瓷盘，宛若与家中某个失散多年的一员又意外重逢。如果盘儿有灵，它又作何感想呢？

是感叹原本与它成套的家族碗盘，如今都已不再？还是欣慰自己仍在这里？在当年也许曾摔碎了它兄弟的那个小娃儿，如今已是年过半百的我的手中？

如今，我看到换成我取代了母亲，与父亲坐在餐厅里的那个画面。只有父子二人对坐，也还是凄凉。

仿佛终于理解了，当年还不认为自己年老的父亲，为何不再想守着这个残局。大过年的，应该是跟另一个女人坐在这儿吧？或至少也是跟儿子媳妇孙子一家。怎么会是跟一个不结婚的儿子在这里无言相对呢？

等到父亲多了同居人，这顿大年初一的午餐也就取消了。

初次离家求学的少年，十年后返家，一开始还以为自己仍是家里的那个小儿子，时间一到就会听到有人喊他"吃饭了！""起床了！"……结果，一连串迅雷不及掩耳的剧变，还不知如何调适，一回神，他已成了步入半百的老单身。

/ / / / / /

一直记得，曾被"万一父母不在了"这个念头吓到不能成眠的那个孩子。如今，面临万一我不在了一个人便无法存活的，是父亲。

相信父亲曾有过忽然清楚的时刻，意识到了自己的处境，那一刻在他心里掀起的恐惧，就是我幼年曾经验过的恐惧。

父亲心里那个孤立惶恐的孩子，就是我。

在母亲与哥哥相继过世后，这个世上我们只剩下彼此了。

儿时曾经害怕的是，父母会突然过世丢下我一人。如今担心的却是，万一我遗传了母亲的癌症基因，自己先走，那怎么办？丢下父亲一个人在世上，谁来照顾？

/ / / / / /

没有真正挑起照顾父母责任的子女，就算是自己成了家，也还是一个孩子，不算真正长大。因为他们还有父母在包容他们，还可以对父母提出要求，要求他们改变，要求他们公平，心里还有叛逆，还有不耐烦，跟一个青少年的身心成熟度相差不远。

直到独力照顾老去父母的时候，才会了解没有什么公平不公平，才会原谅曾经父母对我们的照顾若有任何疏忽或失手，那是多么不得已。身为照护者才会了解，我们自己也一直在犯错，也一直在学习。

对死亡的恐惧，对老化的无知，以及对无常的不能释怀，能够帮助我们克服这些障碍的，只有陪伴父母先走过一回。

"我们都会很好。"我总是这样告诉自己。和父亲之间那种互相需要，也重新信任的相依关系，都尽在不言中。

虽然，我总不断地在跟他说着话。

每当坐在父亲身边陪他"望"着电视，或当他不时就闭目遁去外层空间漂流之际，我总会想要努力引起他注意，寻找用简短字句即可表达，或可与他沟通的话题。

（想起当年，那个听故事的孩子，总爱对沉沉欲睡开始胡诌情节的父亲说："你讲到哪里去啦？……"）

一如遥远的当年，此刻，那个情境仿佛又重新上演。

并非父亲退化了，而是我多么幸运又回到了过去，能够再一次操着简单的词汇，充满着期待，对父亲牙牙述说着那些平淡生活里发生的琐事。

我们都失智

有一天，父亲突然看着我，过了一会儿才问道："不是开学了吗？"

我没有去花莲，竟然被他发现了啊！……

这句疑问还有另一层。我的解读是，也许他惊讶地发现，自己不再是一个人。

之前，我每周还在花莲四天的那段日子里，他已经习惯于当一个孤独的老人。没人与他说话，他也不想理人。

（那是否也会是我未来的写照？到时候，会有谁来跟我说话呢？）

三年前若是选择了眼不见心不烦，随便那个跟父亲同居的女人和我哥联手胡搞瞎整吧，今天的我又会如何？就继续待在花莲过我自己的生活，安稳平顺地直到退休那一天，把我自己的人生放第一位，谁又能置一词？

但，当时的我就是无法装作没看见。

打电话怎么都联络不上，不知道父亲发生什么事，我就是会心急想赶回台北了解情况。看见父亲总是卧床不起，越来越消瘦，我就是不相信那女人说的"阿伯现在什么都咽不下去哟！"，所以才被我发现她一直在下药让他昏睡。虽然父亲早已警告我别干涉他的生活，但是眼看他连命都快没了。许多朋友都劝我："这事情你管不了，一旦插手，你就得负责到底，你一个人怎么可能照顾你爸？……"

在最煎熬痛心的时刻，我听见心底有一个声音："如果什么也不做，那么我跟那些伤害父亲、伤害我的人，有什么两样？……"

碰到也遭遇了相似情况的朋友，问我该怎么处理时，我总有些犹豫。因为我真正想告诉他们的是：如果还在思前想后，觉得还有讨价还价的余地，尚未到刻不容缓的地步，那就别处理了。

（什么叫刻不容缓？什么是该与不该？最真实的答案，只存在一心一念之间。）

现在失去的，在未来还是有复得的可能。也许会很辛苦，但总还是会有机会。只有父母一旦失去了就再也没有了，真的没有了。

"当时的我所想到的，就是这样而已。"

我说。

//////

比起两年前我刚接手时的状况，父亲的精神与注意力明显改善，不知道是否跟我现在经常在家，总会与他东说西说有关？现在父亲不再双目失焦，似乎慢慢走出了时而沮丧、时而惶然的老死恐惧。对我的问话，尽管多是简答，但在我听来已是令人欣慰的进步。

不是那种错乱颠倒的失智，应该就是退化了，迟缓了，虚弱了。我这样告诉自己。

父亲累了。

活到九十，应该是会累的。

衰老，也许更类似于一种自我放逐，跌跌撞撞地孤单走向一个不想被人找到的地方。

但是，我仿佛感觉得到，在他衰老的肉身之下，灵魂内里的自我意识并未消失，只是他被困在一个机械有些故障、按钮经常失灵的太空舱里，无法接收到清楚的地球发讯，也因电力不足让头脑指令传达变得吃力。

也许，他正漂浮在人类经验中最神秘的时空——一个老化后的宇宙，我们每个人都终将前往的他方。

然而探险仍在继续。每一位老人都正在这段漂浮中，体验着只属于他们的宇宙风景。虽无法将这段旅程的心得回传分享，但不表示他没有在感受着，感受着那个重力在逐渐改变中的时空。

每一个老人都像是一艘朝更远的宇宙发射出去的航天飞机，生命的探索都仍在进行中。在身边负责照护的我们，就是他们在外层空间漂流时唯一的地面塔台，他们的通讯领航员。

终会有那么一日，科技最后帮我们解开这个神秘航程的意义。到了那天，一切都会有解释——我们的父母在晚年，到底去了哪里？……

//////

有一天看护跟我说，父亲昨天半夜突然起床，跑去厨房开冰箱。

"我问他：'爷爷你要找什么？'他说：'小弟要喝牛奶了。'"印佣说到这里咯咯乐不可支，"'**小弟**？那是谁？'他说：'我小儿子。'我就跟他说：'爷爷，你儿子已经长大了，不要喝牛奶了！去睡觉了！'讲了以后好像他能想起来了。"

印佣觉得这个小插曲很有趣，但听在我耳里有一点心酸，一时无言，同时又像是有一股湿暖的风吹进了心口。

闭上眼，想象父亲开冰箱的画面。

我知道，在深层的精神面，父亲知道自己在"家"。他也知道，我就在他身边。

虽然那个我，整整小了五十岁。

我们都失智。

父亲无法记得的是刚发生的事，我则是忘记了很久很久以前的那个自己。忘记在我幼小的时候，年轻的父亲肯定不止一次，曾在夜里起来帮我泡过牛奶。

五十年后，这个沉埋于父亲记忆深处的动作，突然浮出了水面。我不可能记得的幼年，现在从他的记忆已成为我的记忆。

与父亲将近十年的隔阂，当中有伤害也有冲突，我自认已尽了最大的努力化解，从悲伤中重新站起来，把这个家恢复，并且担起照护之责义无反顾。最大的期望，原本只是一个没有遗憾的句点，但是父亲找牛奶的这件小事，却让我看到一个新的开始。

我可以想象，透过父亲在时空中的漂流，我的轨道也产生了弧形的曲折，我可以同时是年过半百，也可以是两岁稚龄。

尽管父亲与现实当下的联结已在逐渐减弱，但是属于他的记忆，甚至那些他刻意加密防护的情感，却可能在他自由移动于老后宇宙的途中无预警地启动，成了我的导航。

//////

渐渐地，父亲似乎也发觉我对他的老化迟缓并未表现出不耐烦，于是对自己开始恢复了信心，有时还会问东问西，或是发表一些我得揣摩一下才会过意来的短评。

就像他九十二岁生日那天，吹完蜡烛后，他突然说："你妈生你的时候很开心。"什么啊？我出生时只有母亲一个人在开心吗？

乍听之下让人微愕，多体会一下才明白，老一辈男性多仍不习惯对成年后的子女流露感情，把过世的母亲搬出来，也许是父亲表达他开心的另一种说法吧？

我应该庆幸，父亲还能自己支着拐杖行走不用坐轮椅，糖尿病与高血压在药物控制下也都正常。比起太多必须照顾长年卧病在床的父母的那些子女，我已是受到眷顾。如果能够，可以让他一直一直维持现在这个状态吗？

心里总还是有着那个忐忑的声音在自问。

在阳台上放张椅子，让不想出门的父亲坐着晒太阳。沉默了好一会儿后，他伸出手拍拍我大腿，问道："你要回花莲吗？"

当时我一愣。停薪留职假只请到下学期，该如何作答？因为那个问句，不是在疑问我怎么一直在台北，而更像是一种盼望的转换说法。怕被遗弃的隐隐不安，只能这样说出口了……

　　我笑了，没多说什么。父子俩继续在阳台上晒着太阳。

　　（那个害怕的孩子，终于长大了吗？——不，应该说，是已经开始要老了。）

　　冬阳里，时间依旧缓慢地滴答滴。我与父亲会合在这样的时光里，如此理所当然，好像生活本就该是如此进行的，始终都是这样发生的，不管谁是年少，谁是垂老。

　　初老的我，与一步步走向终老的父亲。

　　是的，父亲用他神秘且不可理喻的方法，正在带我认路。回家的路。不再是父亲与婴儿，儿子与老父，终于，我们成了一起在老去着的同伴，**我们要一起回家**。

　　也许未来仍是孤独，但我至少明白了一件事。老，就是为了要让每个人懂得，何时应该回家。我们也许曾错过一个家，失去过一个家，忘记了某个家，但在五十岁之后，我们都在回家的路上。

　　黄金岁月中，为了冒险，我们曾经离去。

　　银光中，为了回家，这次仍然是一场冒险。我们还要再勇敢一次。

　　就在那无声的一刻，我清楚意识到上一段与下一段的人生中间，有一道颤动的影子，如水波微光的边缘。我发现，自己正站在人生的另一个起点。

更 好 的 人

四月到六月，换了三个看护。

只有请过看护的人才会懂得这中间有多少波折。几千家登记有案的中介，送来了什么样的人要看运气。

运气的是，停薪留职侍亲假到底没白请。之前那个看护跑掉，这一折腾就是三个月。中间空窗期快一个月，从早上九点到晚上十一点，我没一刻得闲。每晚结束都跟自己说："今天又赚了两千五。"那是所谓台佣的一日工资。

没有真正投入过父母照护的人，无法想象这份工作包含多少琐碎细节，多少不确定带来的压力。之前每周四天在花莲，回来台北看到表面上一切如常，不知父亲不肯吃饭是因为看护每天都做一样的饭菜。如果是在赡养院，他们就给他插鼻胃管灌食，那怎么办？

"装监视录像器嘛！"大家直觉反应都一样。但就算从监视器中看到异状，人在花莲可以立刻就杀回台北吗？摸清楚我哪几天不在的看护，想蒙骗自有漏洞可钻，不可能看不出我的弱点：人在外地，又是学期中途，我怎可能随时开除她？

问题的根源，是只有我一个人负责照料。我若长时间不在家，无疑让各种突发或蓄意都有了可乘之机。

唯一的解决之道，就是我必须时时出现、不定时出现、随时做好一有问题出现就自己上阵的准备。没有其他家人，没有替手，只有事事躬亲。

（说到底，希望给老人家一个什么样的晚年，这是做子女的心愿，不是履行一份义务啊！）

那日，难得看见父亲精神较好，自己挂着拐杖走到荒废已久的书桌前，摸摸这又摸摸那。翻翻往日的速写簿，毛笔排一排，把印泥也打开来看了看。不说话，好像是无意识，又好像心有所感。虽然只是一次偶发的举止，我看在眼里不禁感慨：每个老人最希望的，难道不是待在自己最熟悉的地方，身边有他最熟悉的人？

（就让他无论何时，突然想起了什么的时候，可以安心发现一切如昨吧！）

/ / / / / /

一位老友在母亲突然中风后传讯给我："去年读你新书的时候，我没有什么感觉，竟然都没想到，其实我的父母也很老了……真的很悲观，我们的黄金时代已经结束了。"

最后这一句最让我印象深刻，仿佛他的好日子全被父母的老与病给毁了。

很想回他一句，就算父母没有倒下，我们的生活也不见得会更好。

仿佛看到在这座华灯初上的城市里，许多年老的单身儿女与他们更老的父母，如同海底被白化侵蚀的珊瑚礁，正无声地从这一丛蔓延到下一丛。

这并不是一场无法遏止的颓势。然而每天只看到媒体上充斥"人口老化""高龄化社会"这些带着恐吓性的字眼，仿佛老人是另外一种物种，"他们"与"我们"应该坚壁清野，最好能把老人控制在某一条鸿沟之外，不要来影响我们的生活。

（但是年过五十的我们，哪家没有一个八九十岁的老人呢？）

/ / / / / /

不是没有想象过，如果过去这些年父亲身体依然健朗，我的生活又会是怎样的呢？

也就是如同过去一成不变的生活吧？我想。

遇到周末，有空的话就问问父亲要不要一起吃个饭，没空的话就打通电话，也只是报平安。两个男人在电话上聊家常毕竟太少见。我根本就不会意识到父亲年纪已经很大了。然后，对改变自己的生活，我越发失去了动力。对父亲一旦倒下的话该如何应变，一概无知，也无心去研究，或下意识根本就是尽量搁置、逃避这个问题。过一天是一天，只要没事就不要多想，自己的事情永远还是第一位。

再孤单也不想打电话让朋友觉得我最近过得很闷。跟父亲一言不合就在心里赌气："以后我才懒得再管你的事……"

（没有到事情发生的那一天，多数子女都是这样过日子的，不是吗？）

不是不知道，这样的人生早已经出了问题。

无法记得有多长的时间，我活成了一个不断退守的人，努力企图隐藏自己的不快乐，既不能诚实，也无法不诚实，只好用孤独筑起高墙。

甚至以为，藏身于东海岸的大学，过着与世无争的生活，可以让自己拥有平静。也曾以为，研究与教学可以让自己免于面对创作时无法诚实的煎熬。想要创作的渴望一直被压抑，与他人之间的距离越来越远，我一度陷入人生毫无目标的困境。

但是就像大多数我这个年纪的人，木已成舟，改变总显得遥不可及，既心怀恐惧，也缺乏动力。更不用说，已经投下去的十几二十年人生，怎么甘心放手？

（改变，不就等于承认过去是场失败？）

//////

是失败了，我承认。

也许是失败得还不够彻底，所以仍然在硬撑着，直到三年前一连串变故，逼我不得不真正鼓起勇气面对自己。

事情会走到这地步，不可能都是别人的错。没有单一的生命问题，所有问题总是一环扣一环，结结相缠，要像清理一捆乱电线那样，只能耐心地一点一点把它打开。

找到问题所在，往往解决之道也就浮现。做不到，一直觉得"问题太复杂"，事实上，复杂的不是问题本身，而是我们的心。

二十世纪八十年代曾很受推崇的小说家安德鲁·霍勒伦（Andrew Holleran），到了九十年代，有很长一段时间销声匿迹，离开了纽约，搬去佛罗里达照顾他重病的母亲，这一照顾就是六七年。

二〇〇六年，六十四岁的他出版了一本自传性小说《悲伤》（Grief），主人翁是一位与他相似的单身作家，同样照顾卧病多年的母亲。书中有一段话特别让人感到惊心动魄，大意是男主角因为自己年老体衰，成了一个不快乐的人，他后来忏悔自己将母亲带进了他的自怨自艾里。他说："是我的孤单，是我单调无趣的人生，最后让母亲放弃了活下去。杀死母亲的凶手，是我……"

一度我无法不担心，自己哪天也会变成这样的人。

/ / / / / /

那日，一位出版界的资深大姐见到我，问起爸爸的情况如何，我把换了三个看护的过程简单交代了一下，她听着听着突然插话道：

"搞不好你比你爸先死咧！"

我不以为忤，坦言这也是我的担心之一，因为已没有任何家人在世可托付云云，对方快人快语，立刻又接了一句道：

"这就是给你这种不结婚的人的惩罚！"

我听了这话相当震惊，因为她也终生未婚，也经历过父亲长期卧病，怎么会把家有老人需要照护这种事，用这么偏激的言语丑化？

让我更加震惊的是，自己未经思索就立刻做出的反应——

"为什么会是惩罚呢？你怎么知道，这不会让我成为一个**更好的人**？让我变得更有耐性，更有智慧，也更独立坚强？"

直到脱口说出了那几个字，我才终于放心，知道自己永远不会成为像霍勒伦那样的老儿子，因为我看到自己的改变。

唯一能做的，也就是改变。

还能够改变的人，或许才是自由的。

换作是从前，我可能只会很受伤地默默转身离去，面对那样明显的偏见与歧视，我可能立刻想躲回自己熟悉阴暗的孤僻里。

我怀疑对方打心底憎厌照顾卧床父亲的那段记忆。更有可能，她认为一个男人家成了看护是件可笑且可悲的事。

"那么，在受惩罚的人是她，不是我。"我跟自己说。

那当下我变得如此理直气壮，我听见自己的声音里丝毫没有气愤或惊吓，也没有因为这段时间离开职场而有了低落的心情，更不因为自己无法拥有婚姻而觉得被歧视。我相信，如果不是发自内心，在短短不到两秒的时间里，再怎么辩才无碍也不可能如此四两拨千斤，立刻就让对方理亏无语。

　　不亢不卑，不羞不恼，让自己成为一个更好的人，我想，我可以的。

感谢孤独

在等待外劳的那段空窗期，我经常在父亲上床就寝后独自来到巷口的便利店，点一杯三十五元新台币的热咖啡，然后坐在店门口的板凳上，放空。

所有其他工作得暂停倒是其次，不断重复的单调也可以慢慢适应，最让人不习惯的，反倒是夜晚到来。当一切劳动随着父亲入睡而告一段落之后，一时间我总有种不知今夕是何夕的迷惘。不知道是该高兴这一天又顺利平安落幕，还是该对于未来一切之不可预测继续悬心。

悄悄出门，抽根烟，慢慢啜饮着热咖啡，故意让自己放空。除此之外，我无法期盼还有什么更好的奖励给自己。

外面的世界都有点陌生了。

感觉自己像是来到某个远方的城市，语言不通，地图失灵，我无法跟任何人互动。大半生都以创意分析解读评论这些抽象性的思考维生，突然过起了一种纯粹劳动性的生活，一开始完全抓不到节奏，好像我被塞进了另一个人的生活。

老实说，如果不是有那些愿意离乡背井来台的外劳，一整天陪伴在老人身边，像我这种毫无亲友家人帮忙的老单身，怎能应付得过来？在这个地方没人要做的工作，有她们相助应是大幸，但是，为什么她们仍会遭到异样眼光？

忙完一整天，独自在便利店门口喝杯咖啡时，我特别能体会这些外劳的心情。

那样与周遭格格不入的疏离感。

那种等到夜阑人静后，终于可以拥有一点点自己时间的盼望。

或许这时，她们正开始忙着打开 LINE[1] 或视频通话，

1　LINE，即时通讯软件。

与远方的家人聊聊天，听听老公或父母的安慰打气，听听他们收到了汇款之后做了哪些事。孩子的学费交了吗？新房的贷款付了吗？也许感到眼角有些濡湿，最后还是笑着报了平安，道了晚安，等在眼前的明天不是同样的劳动，而是八九年后，全家经济改善后的新生活……

但是，那样的夜晚，我没有任何人可以说上几句话。没有人，除了我自己。

/ / / / / /

好吧，也不完全只有我自己。

因为每晚跟我一样按时会出现的，是一个蓬头垢面、衣着邋遢的男子，带着他那只年事甚高的老狗。

他跟我应该差不多年纪，连续几天都穿着同样的那身运动裤与破汗衫。不是流浪者，因为会看见他回家，就住在我们老宅的同一条巷里。

那只老狗躯体很大，混种的黄金猎犬，常是臭烘烘的，主人已好久没替她刷洗。或许也不能说是这男子的失职，因为那老狗行动很迟缓了，洗澡对主人与狗来说，也许都是一种痛苦。

我们彼此从不打招呼，就这样每晚相同的时间出现，一起发呆。

后腿已无力站立的老狗，起身前都得让主人先把她的下半身抱起，再慢慢放下让她着地。

老狗不时用怯怯的眼神望着主人。

/ / / / / /

然后，就在我眼前，那天晚上老狗怎么也站立不起来了。男子使尽力气想要把大狗抱回家，但实在是太重了，他试了几次后放弃，无助地跟他的老狗对望着。

我心想，他会开口要我助他一臂之力吗?

就在这时候，便利店收银员出现了。男生瘦竹竿似的，推出了他们店里的运货板车。

把狗抱上推车回家的过程，那男子从头到尾都是默不作声的，不像有些人把宠物当人，会不停与毛小孩说话。他也没有惊惶，好像对这一天的来临心里早有准备。从他搬运老狗的动作之熟练，任何人都不会怀疑他经常如此帮助狗儿移动。

但，总觉得这一切看起来仍少了点什么。

他与狗儿的关系不像朝夕相处的家人，倒有点像是一起服刑的犯人，每晚出来放风。

如果是一只小狗，或许还可以像现在许多饲主用婴儿车推着毛小孩散步，但男子知道，用板车推着这样一只大狗走在路上太夸张了，所以每晚他们也不走远，出门就只来到巷口便利店，歇息，沉默。

一个非常小的两人世界，小到多一点声音都好像会变得拥挤，最后只能安静地一起孤独着。

/ / / / / /

我不知道那男人是否独居，是否还有其他家人。总是看他独来独往，破衫乱发，不会打理自己，也不与人互动。可是也并非完全麻木不仁，至少他浑身上下每一处都写着"我不快乐"，如同一株人形仙人掌。

我发现周遭环境里，这样的人似乎越来越多了。

（这样的人，往往身边都有一只猫或狗。）

那男子，散发着一种对生活不抱持任何期待的委顿气息，带狗出门仿佛是他不得不做的最后生存妥协，容不得再有任何多余的情绪来侵犯。我们从没有过任何交谈，事后想起来，这或许便是原因所在。

我不知该同情主人，还是该同情那只狗。

虽然主人照顾了她的生活，但也把她关进了一个沉闷、委屈、冷漠的世界，在一种共同毁坏的情境下相依为命。

是男子的不离不弃值得效法，还是散发着臭味的老狗，沉默地承受着饲主的失能潦倒反更值得同情？

/ / / / / /

便利店前，老狗寂寞地等待着她的倒数。

除了接受自己已老残之外，她没有其他的选择，只能继续一天又一天地老化、衰弱着。

她对死亡没有想象，也无从理解，更不需要有告别的准备。

但人类不同。

理性与感性。堕落与升华。肉体与灵魂。自由与归属。

中心与边缘。过去与未来。记忆与遗忘。拥抱或转身？隐藏或公开？出走还是归返？ To be or not to be？⋯⋯

活着，就是永远在整理着这些牵绊。

人类可称为高等生物的证据，就在于知晓自己在经历着什么，可以决定自己要以什么方式面对衰老，能否还来得及做出改变，还有机会将该原谅的、该放下的、该感恩的、该无憾的、该有愧的⋯⋯这种种列出清单。

动物的老死只有一种样貌。人，却可以从重如泰山到轻如鸿毛，从千山独行不用相送到族繁不及备载——

但绝大多数的人还是难以接受，走的时候是自己孤单一个人。

/ / / / / /

阿尔贝·加缪（Albert Camus）的《异乡人》里也有一对人与狗的故事。

主人翁的邻居之一就是个独居老人，养着一条癞皮狗。每天，老人拖着老狗出门，老狗一定死也不从，最后换来一顿拳脚与辱骂，同样的剧目日日上演。直到有一天，狗不见了，据老人的说法，是趁他一不注意溜走了。老人非常后悔又焦急，担心老狗会被捕捉后处死。

（也许，真正应该挣脱枷锁的，是人而不是狗。）

有一阵子，还真有不少朋友会带着同情的口吻建议我，要不要养一只狗做伴？狗很贴心、很疗愈喔……我几乎都是不假思索便回答：不！

狗太敏感了。许多朋友养的狗在我看来，比主人还需要吃抗忧郁症的药，困在自己无法表达的情绪里，突然在你跟前团团绕着吠叫，下一秒又黏腻如婴儿般倚着人发抖。我不是没担心过，自己万一养狗就会成了加缪笔下的那个矛盾老人，跟我的狗陷入难解的爱恨纠缠。

"嗯……也是，狗很需要主人的关爱。"听我这么反驳，不肯放弃的朋友会继续建言，似乎认为我的孤独已经满到了警戒水位，"那养猫好了。猫咪不腻人，她们很独立——"

那养她要干吗？我在心里反问。

孤独的人身边一定就要有另一个体温吗？

让另一个生命成为自己生活里的排遣，送美容院、穿宠物衣、戴钻链，我想不出有比这更残忍可笑的事。

此外，真正让我纠结的是，多半的时候，宠物都会比主人先走。

每个生命的尽头都是同等的庄严，何苦要另一个生命鞠躬尽瘁，只为了给自己做伴？

经过这些年才慢慢意识到，在感情的世界里，我一直就像那只乖顺的老狗。认定了身为一只狗就得有一个主人，否则就叫作丧家之犬。

同时我也像那个不快乐的狗主人，总是带着老狗坐在路边，向这个世界低号龇牙："你们看看！你们看看我为这只狗所做的一切！像我这样一个有感情有人性的人，竟然被你们误解、排挤，害我最后只能昼伏夜出，孤独地坐在这里！"

我跟我的孤独，多年来就像那只老狗与她的主人，始终彼此厮缠。

虽然我不需要另外一只狗的陪伴，可也没有人认养我的孤独。

　　/　/　/　/　/　/

　　前情人的浴巾，一直被我挂在阳台衣架上。任它被风吹雨打了两年，我始终假装它并不存在。

　　不论是把它收藏折起，或是扔掉，都有太戏剧化之嫌。我只是偶尔瞟它一眼，让它继续风干，等待它成为标本。

　　终于等到这一天，我抽身成了旁观者，看着那条浴巾时不再心惊，也没有突袭的回忆，发现自己并没有想象中软弱，终于可以对自己说——

　　我现在很好。

　　虽然不是第一次等待漫长的伤口愈合，但这一次，我突然很想永远停留在如此无波无痕的状态，让这句"现在很好"成为细水长流。

　　（可不可以从现在起，专心求一个自在就好？）

　　（一直渴望却不知究竟为何物的爱情，能不能就当它是放在银行里一笔不想动用的定存？）

曾经给我带来痛苦的人，请他们离开。擦身而过的，从来就不值得频频回顾。要学会少一点自苦，多一点自嘲。大方发一则简讯给放鸽子的对方："没礼貌。"约会不成功，就当是接受了一次市场问卷调查。"我没有车……没上健身房……我也不爱旅行，不爱名牌，不爱肌肉男……"不爱不爱，你爱的我统统不爱，谢谢。

高举"单身万岁""单身无罪"这类理论大于实际的标语也多余了。不如就事论事，既然百分之九十的人生都是单身，那么一个人过绝对比跟另一个人一起生活要拿手。应该要为自己拍拍手："哇，你真行，可以一个人活这么久！""能够一个人解决这么多问题，不错喔！"而不是："为什么还是一个人？"

曾拥有过的武装，就把它们一件一件当作借来的道具，好好擦拭装箱，因为人生已来到了要归还它们的时候。

成见归还。不甘也归还。

猜疑算计、软弱逃避也都打包上路。

少了不甘，还原到四十岁还有梦的时候。

少了猜疑，还原到三十五岁还会谈理想的时候。

少了成见，还原到三十岁还能交到好朋友的时候。

因为少了……就还能够……

有一种孤独，是因为**求之不得**，被迫放弃了最初所期待的与这个世界产生关联的方式，拒绝再尝试。

另外有一种孤独，是因为**心安理得**，让自己安静沉淀，决定专注在认为值得的事情上就好。

五十而知天命，不是因为能未卜先知，而是渐渐知道哪些人哪些事已经与自己无关。

最难面对的孤独，是在求之不得后找一个替代品自欺，最后连自己都变成了陌生人。

第二章 ————

高年级的生活练习

老 味 道

每回新看护报到，带她去买菜便成了当天的首要任务。

让父亲住在老宅不搬动，因为去医院回诊可以慢慢散步就到。下楼巷口就有 7-ELEVEn[1]，走到下个巷口就是一家全联超市。对面小铺有他喜欢喝的银耳莲子汤。再走三分钟就有菜市场。市场旁有麦当劳，父亲喜欢他们的松饼早餐。

我带着新到的印佣，沿路边走边指给她看。

走进超市，迎面而来霜雾低温，暂时平息了我每日

1　7-ELEVEn，连锁便利店品牌。

疲于奔命的焦躁。印佣推着车，跟着我首先来到蔬果叶菜区。

　　父亲的牙齿比去年差了，以前他爱吃的花椰菜与空心菜，现在嚼不动了。但是他还有最爱的南瓜和洋葱。四季豆切细丝，焖煮得软些，淋上一点蒜蓉酱，他也可接受。南瓜吃蒸的，还可以打成浆煮汤。炒洋葱配火锅用的牛肉薄片，也都要切细丝才成——

　　我边从冷藏架上取菜，边对着印佣说明。但一回头，看到她既像怯生又像是放空的眼神，我跟自己叹了口气。

　　（还是等回去之后，要她拿着笔记本站在旁边，一道道实际示范给她看吧！……）

　　我没有食谱，也没有那些琳琅满目的厨具用品，我做菜全凭记忆。

　　据母亲告诉我，很小的时候我就会一个人坐在电视机前，安静地看上大半天。最早的电视儿童，父母都在工作，伴我的就是那台长着四只脚的黑白电视机。"很奇怪啊，才四五岁，你最喜欢看的是傅培梅[1]和京戏。"母亲说。

我不记得了。

只记得我们家一向吃得很简单，而我从小气喘病得忌口，所以很早就被训练得不嘴馋，对美食没有多大兴趣。长大后看到什么出名的小摊前大排长龙，那种只为了一解口腹之欲而傻等的行为，我都暗自在心里嗤之以鼻。

但是，也许就是因为不贪吃，我的口感记忆反变得很纯粹，吃过的味道都会留在记忆里。

/ / / / / /

小时候，气喘病除了天气变化时会发作，食物过敏也是原因。五十年前医疗还没那么发达，要找出过敏原的办法就是一样一样将食物持续地测试，因此两岁大的我就只好一次一次地喘，最后换来大人的一声恍然大悟："喔——原来这个不能吃，那个也不能碰。"

气喘病一发整夜，气管绒毛全都立起，徘徊在一口气

1　傅培梅（1931—2004），生于辽宁省大连市，台湾知名厨师、烹饪节目制作人及主持人。

只能吸到半口的窒息边缘，越是凌晨发得越凶，实在不行了就得跑急诊用氧气。那时医生总说，只能忌口，没别的办法，等等看，青春期发育时体质会改变，到时候也许会好转。

还是幼儿园稚龄，我已能乖巧地遵守忌口戒令。一直到了上高中，还是不能吃枇杷，还有其他一切表皮带茸毛的蔬果，如冬瓜。

但，这还只是忌口食物的其中一类而已。

能吃什么，不能吃什么，至今仍牢记在心，可见当年风声鹤唳之程度，全刻进了一个孩子的心里。

海鲜全部不能碰。

可以吃橘子，却不能吃橙子跟葡萄。

鸡肉可以，鸭与鹅肉不行。

掺了化学调味的果汁与糖果也不可以。

冰品尤其大忌。

更匪夷所思的是，所有青菜一定要热炒过，只是氽烫不行。

……

可想而知，做饭时的手续因此变得多繁杂，每做一道菜，一定要洗一次锅，连锅上沾过这些食材都危险。若偷懒省了手续肯定人赃俱获，我必喘无疑。

要能忍住那些滋味的诱惑何其不易，更不用说，从不知海鲜味美与冰沁爽口是多么悲伤、无趣的人生。

我的童年超辛苦。

／／／／／／

家里最会做菜的向来是父亲。母亲是二厨，负责把菜洗好切好，父亲是大厨，都由他来掌勺。父亲读北平艺专的时候，据说每天都得赶回家给他爷爷做饭。

（也许做怕了吧？我有他的遗传，跟他一样，会做却不爱做。）

母亲在许多方面都敏锐，虽是职业妇女，打毛衣、修改衣服、布置、装潢这些家政科目都在行，唯独在味觉这件事上不行。有时米饭没熟透，成了"夹生"却吃不出来。怎么会这样？这点让我一直很纳闷。

但是母亲仍然常常心血来潮，看到电视里教了什么料理，也会跃跃欲试。

四十年前美乃滋还是新鲜玩意儿，不像现在现成包装随处买得到，只有在日式餐厅里点了炸猪排，才会在盘子上很小气地放上一些。母亲看到电视上教如何自制美乃滋，原来就是用蛋白和色拉油打出来的啊，她马上也想来试做。

殊不知，没有家用电动打蛋机的时代，要用手工把蛋白与色拉油打匀，还要打到整个成为奶油似的稠糊状，竟是非常非常费力的事情。她打累了换我打，然后哥哥补习班下课了换哥哥打，最后终于打出了类似成品。

大家满怀期待等着品尝，一轮试吃完都没人出声。然后下一秒，一家人不约而同全都大笑了起来。

"哈哈哈，这是什么东西啊？……"

走在超市一排排的冷藏柜前，不知为何，总会想起很久以前，每到晚饭时还有四个人围坐成一桌的那个家。

//////

在家用餐都得随时提防万一，外食那更是麻烦了，必须再三跟店家确认料理方式。能够让人放心的有限，最后只有少数那几道菜，算是被列入了安全名单。

　　童年时家附近没什么馆子,除了一家小小的港式餐厅。店虽小口气却不小，取名"六国饭店"。

　　长大后才知道，在上个世纪初的中国，"六国饭店"是多么响亮的一个品牌。从北京的"六国"到香港湾仔的"六国"，战乱烽火与殖民践踏都锈蚀不了那繁华金粉的想象。连在当时还被称为永和镇的乡下地方，都还有人企图擦亮那份记忆。

　　经济拮据的六十年代，那样促仄的一方空间，已算得上一间像样的馆子。永和的六国饭店，缅怀的是香港湾仔粤菜的风华。

　　只可惜我当时年纪太小，不知道这样一个店名，暗藏了多少时代流离下偷生的悲欢。直到体会过了人生的无常，如今才懂得了想要挽住一点过往，抵挡失忆蔓延的一点小小坚持，也是一种偷生。

　　最早在那儿用餐的我，还得坐上他们的儿童高脚椅。光从这高脚椅的设备就可看出，老板经营得有板有眼。每桌必会放上一壶茶。此外，还有早已被湿纸巾取代的热毛巾，扑鼻全是花露水的人工香。自大陆来的老板，真以为自己经营的是"六国"的台湾分店呢!

　　正如我仍记得"六国饭店"里那儿童高脚椅扶把的触

感（塑料仿制的藤编家具，有些地方已脱线），如今闭起眼睛也依然能看得到，当时我们一家四口围桌而坐的画面。那样的时光很短暂，这个家在往后的印象中，似乎一直是处于分崩离析的状态。

/ / / / / /

我看到梳着鸟窝头的母亲一定会先用热茶涮一下筷子、汤匙。

茶壶壶嘴上套着一个透明塑料管，好让茶水顺着流，不四溅。

（不晓得快五十年过去了，我为什么还会记得这些小细节？）

结账柜台上方悬着红、蓝、黄三色瓶状的美术灯，我总爱盯着它们瞧。室内灯光柔和不刺眼，想来也是老板的讲究。

（啊，我也看见他了——一个总是头发梳得油光的中年人，小个子，永远是白衬衫与深色西装裤。)

菜单是装在塑料套里的两页手写钢笔字。广式烧鸭没我的份儿。菜远牛肉里的芥蓝菜是水煮的，不能吃。所以，永远我只能吃同一道。那就是，滑蛋牛肉饭。

不知道当年的那个大厨对那些牛肉施了什么咒，至今还没有吃过比童年时的"六国饭店"更软香滑顺的牛肉。肉筋全化为无形，咬下去弹性十足，沾着滑蛋与葱花的清香入口，嫩如鱼鲜。

长大后，形容那样松软的口感给朋友听，对方很煞风景地告诉我，很可能厨师用的不是小苏打，而是直接把牛肉浸在工业用的碱水里。

即使如此，我仍对它念念不忘，在任何地方，只要看到菜单上有"滑蛋牛"三个字，就定要点来尝一尝。然而，从台湾吃到纽约唐人街，口味离记忆中的"滑蛋牛"总还差了一截。

牛肉不够滑软也就罢了，有的连蛋花都调不匀。滑蛋汁也是有学问的，蛋若结成了碎块，整道菜就毁了。一定要像大理石纹路那样散布的蛋花，在热油勾的芡里仿佛有自己的生命似的，还在游动的感觉，那才叫"滑蛋"啊！

//////

三年前，第一个印佣来上工，问她会不会做菜，她说会。没想到她每天都端上贡丸汤和蛋炒饭。

起初我的脑中一片茫然：要怎样教会她我们家的口味呢？

还在带便当上学的时代，我就从同学们的饭盒中发现，每一家原来都有几样固定菜色。没有这些基本款，也许就不成一个家吧？

就这样，时隔多年后，我再度走进了厨房。

我努力回想家中常吃的每道菜。那就像是努力默写着曾经背过的某段课文，当原来接不下去的一句突然又在脑海中闪现，竟有一种难言的悲喜交集。

过世的过世，失智的失智，除了我，如今能记得家里餐桌上菜色的，还有谁？

我想起了清炒土豆丝。我想起了木须肉。

还有芙蓉鸡丁。

豆豉蒸肉饼。

酸菜炒鸭血。

青椒镶肉。

……

马铃薯在我们家叫作"土豆",清炒的时候放上一匙乌醋,这样吃起来特别爽口。炒木须就是肉丝、木耳丝、粉丝和蛋。蛋炒碎了就盛起放一旁,否则炒久了会干硬。芙蓉,就是蛋白。把鸡里脊肉切成碎丁,快炒,最后将蛋白淋上,轻轻搅拌后,马上关火,便能让蛋白停留在松软的状态……

新到的印度尼西亚看护看着我一道道菜示范做法,突然用生涩的中文说:"以前我那边工作不一样。"

"你是说这些菜吗?"我顿了一下才明白她的意思,"这些都是外省菜。"看着她一脸茫然,本想问她在之前的雇主那儿都学了什么菜。但是忽然我明白了,就算是同样的配料与名称,每一家都有属于他们自己偏好的咸淡与酸甜,就好像那道"滑蛋牛"。

没有两家的口味是一样的,即便那是每家港式餐厅必有的招牌菜。

//////

　　我成年后虽仍会因天气变化而偶尔哮喘，但不必再忌口。什么都可以吃了，却经常没胃口。加上作息混乱，总是在一般用餐已过的时间，匆匆在街上找些东西果腹。

　　每周为教书两地奔波，外食仍是唯一的生活选择，大多时候连一盘刚起锅的炒饭或一碗热汤面都成了奢侈。连锁便利店开始流行开辟用餐区之后，微波食品放个两三样在面前，有时鸡汤排骨饭配一盅色拉，好像也挺丰盛。

　　一回，我抵达台北时已七点多，随意跳上一班公交车，晃到永和将近九点。在离家最近的路口站下车，四下黑漆漆的，只瞧见一家敞着门的海产店，准备开始宵夜的生意。

　　进去才发现，这不是台式的海产店，不起眼的店面卖的竟是港式海鲜料理。

　　广东话口音的老板帮我点好了菜，心血来潮的我不知为何，随口又多问了一句："有没有滑蛋牛肉饭啊？"

　　"可以帮你做啊。"有点年纪的老板冷冰冰地回答。

　　如果厨艺也如江湖武术门派，那么我相信，曾经在香港出现过一个门派，他们的独门绝技就是滑蛋牛肉饭。但是传人太少，此门派并无在粤菜料理界闯出什么响亮名号。

在失传多年后，他们的滑蛋牛肉饭，在时隔近半世纪后的这个晚上，竟因一位误闯的顾客不按菜单点菜，终于又重见江湖了！

入口的那一刻，可想而知我是多么震撼。

一直以为是我执迷于一去不回的过往，或是我自己幻想出了一道无人能及的滑蛋牛肉饭，没想到此刻竟然被证实，它的存在不是幻觉。

匀净的蛋花，扑鼻的葱香，还有那软弹滑嫩的牛肉片，与童年记忆中的口感已近乎原味重现！

/ / / / / /

近乎重现。

多吃上几口后，不免仍感觉有那么一些说不上来是什么的微小误差。也许不是烹调的技术，而是岁月为这道菜多添了几丝悲从中来的滋味。

不知道这家店之前到底开了多久，老板对我这位每次只点滑蛋牛肉饭外加一道海鲜汤的客人并不放在眼里，态度始终冷淡，因此我也从不与他攀谈。

但是，将近有一个学期，每周回到台北，我总是迫不及待固定报到。总以为宵夜场才是他们的主力，我出现的这个时段门可罗雀是正常。

接下来因为父亲失智，为了兼顾工作与照顾老人家而疲于奔命，一忙就是两个多月没空上门。再去的时候只看见小店铁门拉下，已歇业收摊了。

尽管怅然，我也只能跟自己苦笑一下，接受了这就是人生。

长 照 食 堂

也许是心中一个傻气的假设，认为只要父亲吃得好，身体就会有抵抗力，不容易生病。只要正常进食，就表示身体无病痛，心情也还可以。看他怎么吃，吃多少，成了我观测他每日身心变化的重要依据。

那一阵子父亲吃得越来越少，起初以为是他的咀嚼或吞咽出了问题。观察了一阵子，好像又不是。

慢慢才发现，父亲好像在掩饰着什么。

放在面前的菜，他看不清楚了，所以他不动筷，因为不知道该往盘中的什么东西下箸。

啊，原来不吃面条也是类似的原因。东一根西一根的面条挑不起来，就算挑起来，送进嘴里后也因无法利落地用力吸入，所以一根根面条总是七零八落挂在嘴边，弄得有点邋遢。

我明白了。父亲记忆虽衰退了，却仍有自觉，担心自己会显得老残，所以宁愿不吃也不要吃得狼狈、吃得哆嗦。

这样的情形持续多久了？我心中十分不忍。如果早点发现就好了。但是之前在家的时间太少，看护根本不会注意这样的问题。

我跟新来的看护说，喂他吧！

但是父亲坚决不肯，还是要自己来。

被喂食，对他而言应该是另一项自主能力的缴械，所以抗拒自己成了类似瘫痪，只能呆呆张口的无能老人。

还是要给他一双筷子，即使他不用。

不能用汤匙喂，汤匙让他觉得等同失能。

我监督着，看着印佣慢慢练习用筷子，一口菜，一口饭，而不是饭和菜都放在汤匙里，一股脑全塞进父亲的嘴巴。

我持续地观察，希望能找出让父亲接受有人"协助"他进食的方法。

要把盘子端到他面前，问他："爷爷，吃鱼好吗？""吃小黄瓜好吗？"……我这样告诉印佣。

要让父亲觉得，吃什么不吃什么，还是由他来决定。

//////

又老了一岁的父亲，很多东西嚼不动了，菜单必须重新设计。于是，除了时时在想菜单，我也开始自己发明菜色。

豆腐是绝对少不了的。不得不佩服老祖宗的这项发明，简单的干煎，放进葱、蒜、酱油与一点糖，焖上一会儿起锅，其实就很美味。

冷冻蛋饺不光是火锅食材，配我的煎豆腐，加上韭菜，就成了另一道自己发明的新菜。黄色的蛋饺，白色的豆腐，青绿的韭菜，小火红烧一下，色香味俱全，我把它取名为"金玉三鲜"。

猪绞肉容易带筋，后来我都改用鸡肉做丸子。这时豆腐又派上用场，肉里加进豆腐、蛋白与太白粉，可增进它的滑嫩。混进剁碎的姜末就可以去肉腥味。加入洋葱末，软中带脆，可以让口感更好。

一包绞肉可以做十个丸子，但父亲一餐只吃得下一个，怎么办？所以，先把丸子丢进滚水中氽一下，不等它全熟便立刻捞起，放凉之后，装进一个个小塑料袋里，然后冰柜冷藏，这样丸子就可以保持柔嫩。

鲜虾剁碎成泥，也可做成虾丸子或虾饼。但是虾泥里要放进一点肉末，增加它的硬度，否则下锅会成一摊浆。掺入姜末、蒜末去腥之外，红萝卜切成碎丁混入虾泥也可以增加甜度与鲜度。

虾泥可以捏成小丸子，跟豆腐一起炖成海鲜煲。或是捏成汉堡状，放在锅上煎熟，最后撒上一点迷迭香的碎末。另外，也可以把豆腐切厚片，中间剖开，把虾泥铺于其中，放进电饭锅蒸透……

这费心设计出的食谱，我暗自希望，或许能让"家还存在"仍为事实。

我以为，这些菜色就像是不需言语确认的感情，我相信父亲吃得出来，那是我们共同的记忆。

但，这毕竟只是我的期望。

每道菜的做法我也就示范过那么一次，之后印佣也有了自己的意见与创意，做鸭血的酸菜拿去煮鸡汤，蒸肉饼时用的豆豉被省略，虾丸与冬瓜配了对……每一道菜都开始走了味，或是说，慢慢添进了她的味道。

（"原来那样煮爷爷不爱吃。"她总会这样解释。）

//////

想起夏天的时候，为了训练这个新看护，差点搞到自己抓狂。

我能理解，她们之中不少人曾遇见过几近虐待的恶劣雇主，所以都会互相警告，先装不懂不会，试探雇主的底限，摸清这家人的状况。如果雇主大而化之，她们也乐得摸鱼有理。双方一开始的磨合很像是谍对谍的斗法，再加上我被之前的看护与中介搞得焦头烂额，这回更是神经紧绷。家里没有旁人可以随时监督或当下纠正，只能我一个人未雨绸缪，把所有状况都先做好防备与假设。

两个月后我陷入极度低潮，太阳一下山就开始焦虑，只好约出在当精神科医生的朋友，跟他说我非常讨厌现在的自己。

我从不是个疾言厉色、斤斤计较的人，但我发现自己现在每天都要板着脸训斥："怎么会连这么简单的事都做不好？……跟你说了多少次，为什么还会忘记？……"

　　说着说着，又讲到了哥哥与母亲的过世，都是才六十多岁，怎么会这么突然？还有我以前在副刊工作时的老领导，为什么也是六十出头就突然因癌症过世了？如果他还在，我就多了一个可以请教的长辈。还有还有，跟我合作十几年的出版人为什么也是因癌症走了？开酒吧的老友为什么也在前几年意外身亡？那时候她总半开玩笑地跟我说，老了一起住吧！……从研究生一路担任我研究助理十年的学生，还有第一任情人，他们为什么要自杀？

　　我信任的，我亲近的，我亲爱的，为什么都这样无预警地离世？——

　　朋友听我讲到激动不能语，只好等我安静下来后，才慢慢反问我："你会不会觉得，你都是在毫无准备的情况下被他们**抛弃**了？"

　　"所以，面对接下来最后也最重要的关系，你希望这次结局能在自己的掌控中？"

　　/ / / / / / /

已发生的，若不是怕它不会长久，就是怕事过境迁后，它在记忆里四处埋伏而为之感到痛苦。

还未来到的，既担心它会不会来得太早太急，也怀疑它是否永远不会发生。小时候盼望快点长大，长大后却又开始不忍父母日渐衰老。

有人想挽回消逝中的青春，有人却愿意拿青春赌一个未来。

我可以抛弃所有物质的欲望，原谅所有对不起我的人，但我再也回不到父母怀中，做那个幸福、干净的婴孩。

我控制不了任何事，包括我自己的结局。

/ / / / / /

虽然没法监控每餐菜色的口味，但至少我可以陪伴。

现在的我，遇到没有工作耽搁或应酬的日子，用餐时间除了外食，还多了一个选项：回家吃饭吧！

对于二十岁的人来说，回家吃饭可能是父母剥夺他们自由的无理要求。但对五十岁的我而言，那既不是天经地义，也不再来日方长。

有朝一日，当我也已白发苍苍，或许在某个时刻脑海仍会恍惚闪过，谁曾是最后与我同桌用餐的亲人。

是枝裕和有部电影《下一站，天国》，他想象一个人死后的世界，在进天国前有七天时间让死者考虑选出人生中最难忘的一刻，然后那个场景会被重建拍摄，让死者可以带着这份记忆进入天堂。当来来去去的灵魂都完成了这个要求，男主角却始终留在片场，放弃了进入天堂的机会，因为他拒绝做这样的选择。

三十多岁看这部电影时，我就一直在心里念着，换了是我，我也选不出来……如今二十年过去，我终于明白原因何在。

因为没有任何美好的记忆是需要被重建的。

最深刻的记忆其实更像是一种味道，混掺在许许多多人生不同阶段、不同时空的际遇里。它之所以深刻，不是因为在某个当下的千金难买，而是在未来人生的许多酸甜苦辣里，都淡淡地留有它的影子。

老收藏

一直到了二〇一三年，我才开始使用智能型手机。

最早的古董手机用的还是易付卡，因为拨打出去的次数少，多半是别人打给我。我没有与人用电话聊天的习惯，多半三言两语就解决。不知道是否现在的我果真多出了许多朋友，只知道每天 LINE 里总有许多讯息。但，如果是群组，我仍然只是个旁观者，他们说这叫作潜水，偶尔才会浮出水面抛几句话。

睁开眼，翻个身，拿起床头柜上的手机，拔下充电器，手指点出屏幕上的未读讯息。以上已成了我这几年来的起床仪式。

起床后，烧热水泡咖啡，点起一根烟，等水滚的时候坐在书桌前打开电脑，检查邮件信箱。大多来信都是工作上的事。要敲时间，要填数据，要提供演讲题目与大纲，要附上个人简介……起床后的头一个小时，多半都是花在回复这些邮件上。

已经想不起来没有网络的二十年前，如果不必赶着出门，我都是如何安排起床后的第一件事？

吃早点？不是。我从出国念书的那年起就不再吃早餐了。看报纸？也不是。我们家三十年前就不再订报了。

真是太奇怪了，好像有一段人生就这么被洗掉了？还是说，原来人生中那段空出的安逸独处，从此被填满了？

/ / / / / /

在美国念书的时候，起床后总会打开收音机，固定在专播七十年代老歌的频道。也许只是啜着咖啡，听着音乐发一会儿呆。

但是我现在手边连一台收音机都没有。

某回，睡前要设定手机的闹钟，因为次日一早有个重要会议，却发现手机竟然死机了。而我手边竟然连一个电池小闹钟都没有。

那些曾经生活中的必备品，我如同失智般就这样遗忘了它们。

譬如说邮票、信封与手写通讯簿。曾经，每个人都会必备那么一本写满了电话与住址的簿子，每隔几年还要重新誊抄一次。现在已经没有人在做这件事了吧？

不用脸书[1]，不认识与不显示的电话号码一概不接，这已经常常令想跟我联络的人抓狂。仅剩的 LINE 与 E-mail 最后不得不维持开放，虽然我也未必第一时间就回复。

无论内心有多么抗拒被这样一个掌中小物所操控，尽管若非有公事正在等待确认，我不会有检查手机的强迫症，生活中还是处处有它侵门踏户的痕迹。

有时很想来试试，不跟朋友联络，关掉手机，整个礼拜不见人也不说话。每餐只有一个便当。每天凌晨四点就起床。黄昏的时候，找一间便利店门口坐下看来往人潮。每天都穿同样一套衣服。每晚只点一盏灯。想睡觉的时候就睡觉，不想睡的时候随手拿起一本小说通宵读到天亮。

1　脸书，即 Facebook，线上社交平台。

听起来还挺像退休老人的生活。

到了真正成为老人的那天，我可能不但不沮丧，反而终于松了一口气：总算不必假装自己是年轻人了……

//////

年轻的时候就不太像真正的年轻人，因为新的科技产品总让我焦虑，觉得原来的旧设备早就得心应手，从来没觉得有什么不便。

返台任教的时候，我带回来五六十卷 VHS 录像带。除了部分是购买的正版，多数都是我从电视上录下的节目。当中包括公共电视上播出的各类人文艺术专辑，艺术表演频道上名家剧场以及舞蹈的现场录像，还有艺术电影频道上那些修复过的世界经典名片……

当时，学校的视听设备也还是 VHS，因此课堂上有机会跟学生分享这些市面上买不到的珍藏。几年后机器发生故障无法更新，因为录放机在台湾地区已经停产，我只好请朋友从美国带一台回来。

完全进入 DVD 时代后，我每天都在担心着，唯一这台录放机到寿终正寝那一天，会不会 VHS 在美国也正式下台鞠躬了？

/ / / / / /

我怀念那些过时的老古董，譬如转盘式电话机、卡带式随身听，甚至敲打字母时总会发出铿锵悦耳节奏的打字机。

有一种卡片式的小收音机，我那时常戴着耳机，坐在地铁上听着电台播放那些我喜爱的老歌曲。

所有这些功能，现在都可以一机搞定。手机上无所不能，但所有手机上的内容也都变得无足轻重。

下载链接任意转发，每个人都活在跳跃错乱的时空中。

便捷成了现代人的迷思，忘记了过程跟意义是一体的两面，缩短了过程，同时也可能稀释了意义。

就像那时，要录下那些电视节目事前得有充分准备。首先必须对那些题材与人物已有涉猎了解，当每周电视节目表刊出时，我才能知道哪些是不可错过的，将它们特别圈起。虽然有定时装置，我通常都还是会同步边看边录。每一个节目的存档得来不易，有限时间里精挑细选，最后才有了这些收藏。

甚至，那背后的意义已经不是节目本身，而是一种生活的方式。

曾经，我有一本簿子用来搜集好文章的剪报。上世纪末，我用录像带排出不同时期所关注的艺术动态。

收纳在电脑里的只是数据，剪报簿与录像带里记载的才是生活。

/ / / / / /

谁敢说在未来，冲洗的相片与录像带录音带不会卷土重来？人们到头来还是会需要有触感及温度的收藏吧？

就像实体书不可能完全被电子书取代。就像至今我还是会买 CD。

已不再对流行歌手感兴趣的年纪，开始收藏的是电影原声带。我喜欢站在 CD 架前，思索着当前的心情适合哪部电影的配乐来陪伴，而不是在电脑上被无厘头的链接牵着鼻子走。多数人以为是他们在按键点选，事实上是网络在我们身上装了开关，由它决定了我们对生活的反应。

最无法忍受的就是屏幕上自作主张跳出的推荐链接："相信你也会喜欢以下……"我喜欢什么，多半时候它根本摸不着边。

痛恨这种暗示性的洗脑行为，所以永远只靠自己来搜寻，不让大数据来决定我是个什么样的人。

生活里若没有了这些可从架上取下把玩的记忆，工作与休息都是面对电脑，两者还有什么区别？

/ / / / / /

记得父亲以前总在床边放一台小晶体管收音机，有时收听京剧，有时收听说书或讲古。更早的时候，收音机里还会传出相声与大鼓这些说唱艺术。

小时候，夜里听到从他房里传出窸窣的电波低语，总会让我感觉到家人都在身边的一种安稳。

如今父亲已不能阅读了，本以为添购一台小收音机可给他做伴，没想到现在的频道早没有任何父亲熟悉的节目类型了。甚至对我这个学生时代就一直有收听广播习惯的人来说，现在台湾的广播真是怎一个吵字了得。没有一首歌曲头尾好好放完，主持人前头话不停，后头迫不及待又抢话出声。

我也算半个广播人。金钟奖入围了几次，不敢说专业，但至少我一直重视听觉的美感，因为相信愿意听广播的人，为的也就是那种贴心与私密感，好像主持人就在对你一个人说话似的。

美国虽然有线电视频道已经有几百家了，但是广播电台依然存活得很好。他们对 DJ 的声音质量与咬字依然讲究，就连搞怪出名的霍华德·斯特恩（Howard Stern），也一样拥有这些基本素质。试想，打开收音机会听到的，与电视机里的聒噪相比有过之而无不及，谁还需要同样的轰炸呢？

也许也正因为他们维持着这种老派，与电视节目井水不犯河水，才能稳住永远存在的那一批需要声音陪伴的听众吧？

/ / / / / /

除了广播很古典，美国电视节目三分之一也都是在播放经典老片或曾经轰动一时的电视剧，这让我一开始也很诧异。

带了惊喜的诧异。

对当时才二十多岁的我来说，《神仙家庭》《我爱露西》《虎胆妙算》等等黑白电视时代的回忆，在台湾早就沉寂无影了，没想到我竟在异乡找回了自己的童年。更不必说，像《三人行》《黄金女郎》这些记忆犹新的喜剧，仍然可以让我笑到蹬脚。这些剧集不乏耳顺之年的主人翁，却能依然广受欢迎，一播就是八九季，看着演员老，由他们陪着观众，一起迈向下一个人生阶段。

老未必旧，新未必好。二十年前在美国时我最爱看的《法网游龙》至今仍在播出，看到我欣赏的熟男男主角，如今最新一季中已渐露老态，我非但没有感觉遗憾，反而是有一种感激。

因为真正的风格，永远不会老。

诺贝尔文学奖得主托妮·莫里森（Tony Morrison）从不讳言她喜欢看回放的电视剧。"因为熟悉，所以安心，知道自己不会失望。"她在受访时曾经这样说道。

熟悉。安心。不失望。

迈入老年的她，一语道破了让自己活得舒坦的重点。

//////

VHS 影带不能久藏，于是这几年我开始不放过那些好电影的 DVD，转眼也有三大箱了。

现在的我宁可花时间去重读喜爱的书，重新再拿出老片子的 DVD 来观赏，不光是因为这些经典总让我有新的发现与收获，更因为它们提醒了我，人生中曾经有过那么多值得珍藏的事物。

不停更换手机，要求更多的功能，好不断下载再下载更多更多也许根本来不及享用的韩剧、照片、游戏等等，在我看来只会让自己更加焦虑，制造地球上更多的资源浪费。

到了这个年纪，一定要有一些收藏。

不是囤积或投资的那种收藏，而是从自己已有的生命经验中，挑选出那些让你熟悉、安心、不失望的记忆，它们才是人生下半场真正的陪伴。

每当听朋友相邀说，老了咱们一起去住养老院，我心里的第一个疑虑总是这些书、这些影片，还有许许多多留藏了属于我生活气味的不舍纪念，该怎么办？

能全部装箱，随我一起搬进那个分派好的空间单位吗？

还是，最后只能带走一只皮箱？就像常会看见的那些街友们，把所有的家当都放在一个推车或几个纸袋里那样？

　　我不需要图书室、健身中心、花园、步道那些公共设施，不管它们的设计有多么贴心。只要想到要住进一个没有自己的过去，没有个人印记的天堂，我总感觉有一种说不出的凄惶。

我的夜市家族

小时候，父亲老爱笑我是乡下人。

"乡下人"这词在我们家不是用来骂人或责备的，反而更像是又气又好笑的宽容，带着一点疼惜。乡下人比较容易被占便宜或不知变通，只会自己埋头做，自己生闷气。

在纽约住了这么多年，总是仪容整齐地忙出忙进，在外人眼中我是十足都会人的模样。但是乡下人与住在哪儿或做哪个行业无关，那是一种性格。骨子里我其实真的是个乡下人。

被问到对美食的看法，我的回答总是可以天天吃都吃不腻的，就是美食。比如说，水饺。

被问刷卡还是付现，我永远是付现。信用卡只有订房或预约不得不用的时候才拿出来，皮夹里有现金才最有安全感。

乡下人对食衣住行不是没有讲求。只要是自己穿的用的，一定要简单实惠，花钱是怕失礼不是为享受。

看到什么都当新鲜事，更是乡下人另一项特征。

那个卖葱油饼的原来不是在卖小笼包？卖糖炒栗子的哪弄来一个英文的看板？对面在拦出租车的，好像是哪个艺人？……

不用天天去上课的日子，并没有让我感觉到少了舞台的失落或无聊。生活原来并非我们所想象的，一定要怎样过才可以。

有一个流浪者，每晚九点左右就会骑着脚踏车在老宅附近出现。在固定的骑楼长板凳前停下，他摊开自己的家当，一床被一席毯，极为慎重正式地开始为自己铺床整褥，俨然回到自家卧室一般，而且十点一定躺平就寝。

原来，流浪者的生活比我要规律得多啊！

大街上永远不乏新鲜事，就像是实时的网络直播。我随时都可以在路边坐下，开始像那些庄边田旁的老农，点起烟跷起腿，旁若无人地看着人来人往，一坐就是大半钟头。

不用等到更老，我现在就已经加入了路边阿伯们的自得其乐。

/ / / / / /

因为是乡下人，所以总觉得自己是个过客，来繁华的世间不过为了见见世面。终有一天，要回到自己的故乡。

乡下人就是离不开自己的老家，总想守住点什么。

绕了地球大半圈，四十五岁以后，我的生活圈竟然又回到了儿时的小世界。

一方面是担心父亲所以不敢住太远，二来是从小生长在永和，觉得没有地方比这儿感觉更方便、熟悉的了，所以我从未把住进台北市当成实现人生梦幻的努力目标。

最早有记忆的那个老宅再度近在咫尺。记得童年时牵着父母的手，穿过小巷，来到乐华戏院周边，那就像是走入了吃喝玩乐应有尽有的大千世界。

乐华戏院已经不在了，改建成了一座钱柜大楼。

早期外围并没有夜市，只有戏院外一圈小摊贩，卖一些烤鱿鱼、煮花生什么的，方便看电影的观众带进场。往里走倒是有个小菜市，现在也不见了，不知何时小吃摊取代了菜贩，一整条街越摆越长，成了现在夜市的规模。

我的蜗居就在夜市里，环境谈不上美观、清幽，林立的店家也都走低价路线。在这样的地方住久了，到了外面看什么东西都觉得贵。

一回，朋友请我去他八千万新台币新购的豪宅做客，室内的装潢当然无可挑剔。但是一想到住在豪宅要过两个马路才会有一间便利店，我反暗自庆幸，自己不必住在生活这么不方便的地方。

真是上不了台面的乡下人哪！

与夜市为邻，对单身独居的人来说，一下楼就可以看见川流人潮，也许是预防忧郁症的最佳处方。

一写起稿子来三餐完全不正常如我，只有住在夜市里才可以随时觅食果腹。

现在每次回父亲那儿，一定得大包小包把印佣不识的日用品顺便补货，住在夜市里让这件家务方便不少。

有时想给父亲变换一下点心，从蒸糖糕到韭菜包，夜市里也都有的卖。

更不用说，夜市这个乡下人的大本营，让我仿佛置身一个想象的大家族，与他们一起生活，一起悲喜……

／／／／／／

DVD 贩卖店的阿姐，生得一双铜铃大眼，面如罗汉，身壮如牛。开口向她询问有没有日剧还得鼓起三分勇气，谁都知道那些是没有版权的盗录。

大姐不作声，凭着她阅人无数的那双大眼睛，把我好好打量了一番。确定我不是便衣临检或是同行来踢馆，她一挥手，要我跟她走到店外行人视线死角的货架后方。

果然一切应有尽有。

这种违法交易一开始也非我所愿。离开台湾太久，学生们耳熟能详的经典日剧我一部也不知，对于早就融入日常语汇的日剧人物，那些已经成台湾人基因一部分的想象力公式，我完全不懂，不来恶补一下我简直就是个异乡人。而这些老日剧当时已很难搜罗，网络看片也还没像今天如此易得，能发现夜市里有这样一爿小店算我运气好。能得到大姐的信任，八成也是因为我的乡下人本质难逃她法眼吧？

每次走过大姐的二坪[1]大小店前，她都笑得像自家人一样亲切："有新片喔！"不好意思只好再度光临。老偶像剧看完，接着开始接触推理剧。有时电视上正在播映中的，等不及知道结局也会来大姐这儿探问。

后来进片的速度越来越慢了，大姐跟我抱怨，现在网络太方便啦，都可以看免费的，利润越来越少，抓得越来越紧。

但是我一直到今天都还是不习惯在电脑上看影片，觉得那像是比非正版片更严重的侵权：难道这些编导、演员连我们正襟危坐观赏的尊重都得不到吗？

然后大姐的小店门拉下了。一个月、两个月、三个月……日剧于我也像是一场莫名其妙的热恋，来得快，去得也快。

之后阿姐的店又开了。

---

1 1坪约合3.3平方米。

我远远经过，看见她又如以往站在门口，不同的是，她换了全新的造型——戴了一顶金色俏丽的短假发，瘦了一圈，穿起辣妹的短裙与长靴，非常日系的潮女。

虽然那阵子并无暇看片，但觉得应该去照顾一下生意，我还是挑了一套日剧，临走不忘调戏了她一下：哟！变这么漂亮……

/ / / / / /

不知又过了多久，好一阵子没看见她了，心想店是不是盘出去了？上门去打招呼，一个没见过的年轻美眉听我询问有没有新剧，紧张得无法作答。

我赶紧说我是刘姐的老顾客啦，她又跑到后面去叫人。一个中年男子出来了，跟我说："对不起喔，我妹妹她……上个礼拜刚因癌症过世……"

当下我只觉得惭愧得想立刻夺门而出。

"哟！变这么漂亮……"我当时说的是什么鬼话？

可她明明那天与往常一样地热情，一样地干劲十足啊！那种底层讨生活的人早就不以为意的哈腰鞠躬，满口的"谢谢喔""再来喔"，怎会让人怀疑她已是癌症末期的人？

　　但，除了回来夜市讨生活，她又有什么选择？由哥哥出面来善后，不正说明了她单身无人可依靠？

　　后来，我甚至没去注意现在那店面改成了什么生意，总是匆匆穿过人群不愿张望。但是偶尔眼角仿佛还是会浮现出一个金发身影。

　　我开始想象着她在世时，每晚关店后拎着一袋卤味及盐水鸡，独自回到住处，开始看她的日剧。

　　也许知道时间不多了，最后干脆豁出去，让自己扮一回日剧女主角。

　　也许我并没有冒犯到她……也许她这一生，没有比那段日子里获得过更多的注意与赞美……想到在夜市的喧嚣中，她的确曾经短暂地美丽过，我听见自己心底发出了一声欣慰又不舍的叹息……

　　/ / / / / /

　　第一次被人叫"哥"也是在夜市里。年轻的男孩嘴巴超甜："哥，等下我帮你把面端过去""哥，今天怎么这么晚，刚下班吗？"……

我从没被人叫过"哥"，第一次听到这样唤我，那一刻突然眼睛都湿了。

我没有弟妹，唯一的哥哥与我年纪相差十岁，在美结婚生子，与家里都不亲。他对我说过最亲密的一句话，恐怕是在过世的前一年，有一次突然没头没脑地说："你都是一个人自己长大的……"底下就不说了。他想说的是，他从没尽到过做哥哥的责任吗？还是，这个家以后就交给我了？……

我十岁就学会一个人买票看电影。漫漫暑假里，我最常做的事就是一个人跑到电影院后门，看画师绘制电影广告牌。母亲后来对在读大学的哥哥说："整个暑假你好歹也带你弟弟去看场电影吧？"

而当年我跑来看人家画电影广告牌的地方，就是现在的夜市口，如今已不存在的那家电影院。

/ / / / / /

夜市里有三家便利店，其中我偏爱的那家除了因为他们常有新鲜水果，还因为有那位服务态度好、人又长得帅的店员。

讲话慢条斯理，该给餐具纸巾，该加送调味包或兑奖点数，从不需要人提醒。他留了很长的刘海，总是盖去一只眼睛，活脱是个日本漫画里走出来的人物。

过了午夜换班后，柜台后变成一个话多的胖子，留着满脸络腮胡。年纪一把了，会出现在便利店做这份钟点计时的工作，我想跟他罹患了严重的关节炎有关。

他的手脚全都因关节肿大而扭曲变形了，走起路来一瘸一瘸。每次看他吃力地帮我将物品装袋，都有一股想自己来的冲动，又怕他误会这是对残障的歧视，我只能尽量假装对他的行动不便视若无睹。

那回，太专心写作忘了时间，等到肚饿时已是夜市都收摊的午夜过后，只能到便利店点一份微波餐。难得夜班是那位长发帅哥，我一边吃着我的麻辣烫，一边看着他整理货架，每低一次头便拨一次刘海。

一辆摩托车这时停在了门口，车上骑士竟是那位大胡子哥。我看着他尺码过小的拖鞋套在足踝紫肿的脚上，一颠一颠走进店门。

什么也没说，他把手上提着的一袋宵夜往柜台一放，
随即又出门跨上机车离去。刘海弟笑嘻嘻地打开塑料袋，
开始享用这份专程送来的心意。

我对眼前刚刚发生的这一幕实在难捺好奇。
"你们同事间的感情这么好啊？"我问。
结果对方的回答让我大吃一惊。
"那是我哥。"他说。

/ / / / / /

静下来在记忆中比对，的确看到了他们五官的相似之
处。一早一晚，每天都会分别看到的这两人，怎么从来没
把他们的面孔联想在一起呢？如果胡子哥减掉二十公斤，
没有秃头，没有那双变形的手脚……

如果没有生这个怪病，没被类固醇造成的肥肿给毁了
容，他本应该是一个跟弟弟同样高挑、帅气的男子。

两兄弟在这附近一起经营了三家加盟的便利店，早晚
轮流管店。等到其中一家生意做稳了，就把它顶出去，然
后寻好地点另起炉灶。一直维持着三家在运作，兄弟两人

接力赛般一起打拼。

"其实，主要是靠我哥，他比我有做生意的头脑。"弟弟说。

不光是有生意头脑就够了，我想跟刘海弟说，难得的是你们兄弟俩的仁厚。有多少兄弟能够像你们这样合作呢？不要说做哥哥的还被老天爷开了这么一个残酷的玩笑。行动不便的他专程在夜里送来宵夜，打心眼里对弟弟的关爱，多少四肢健全的人都做不到。

不久后这家便利店就易手了。我知道兄弟俩一定卖得了一个好价钱。

爱是恒久忍耐又有恩慈，爱是不嫉妒。

这句格言要用在一家人身上，有时可能比对陌生人施惠奉献还更不易吧？

//////

夜市小本生意，请不起外人，所以多半都是自家人下场帮忙。

常去的一家热炒店，老板剃了个五分头，瘦伶伶的，却有莫大腕力可单手不停翻动那口大铁锅。炒菜时被油烟熏得睁不开眼，他那张脸总是苦巴巴皱成一团。

每逢周末忙时，一对成年的子女就会出现。跟老板娘说，好命喔，孩子都这么大了。她特别强调，儿子平日都在上班。意思是，他是白领阶层。

儿子长得一表人才，让人想到"歹竹出好笋"这句话。但确实是父子无疑，眉眼生得一个样儿。

某晚，看着工作中的老板，我突然意识到一件事。

并非儿子是父亲的改良版，而是二十年前的老板应该也是一个帅气的小伙子。生活的担子，加上长年油烟的熏渍，如今那个小伙子的背都微驼了，默默演变成了现在这副苦力的模样。

儿女来帮忙时，跟母亲总是有说有笑的。但是我几乎没听见老板开过口，也没看到他跟孩子之间有太多互动。他就像是这个家里的一个隐形人，尽管这个家都是靠他一盘一盘菜炒出来的。

得到了休息的空当，他就一个人安静地坐在角落抽烟。

独坐的他，脸上那副哀苦的表情消失了。看着来往人潮，他的嘴角总是挂着淡淡的笑意。

//////

同样也是热炒，两家比邻而居，瘦子老板主打虱目鱼，矮子老板的招牌是蚵仔，能够相安无事也算难得。

但是这一家子人的气氛却与前一家迥然不同。老板像军队班长一样吆喝着上菜，妻儿之外，还有一个老阿嬷也归他管辖。家族遗传骗不了人，阿嬷一看就知道是岳母，儿子则跟父亲一样是矮个儿，看那年纪可能是高中辍学。父亲帮儿子另外架起了一个平锅，分出蚵仔煎这一味由儿子全权负责。

没了牙的阿嬷每晚都在，帮忙收拾碗盘，但是每回不是掉了筷子就是洒了一地汤汁。她的团队精神十分可嘉，总是瞪着炯炯有神的眼睛，注意客人的一举一动。我喜欢逗她，若是她盯着我瞧，我一定也同她对看，直到她佯装没事先转移目光。

老板很豪爽，付账时尾数十块的零头他一定说不用了，还会向客人询问今天口味怎么样。

说实在的，他的手艺比不上隔壁的瘦子老板，但是我去他这摊的次数却慢慢变多了。

口味有时并不那么重要，我想跟矮子老板说，我喜欢的是你们这一家人。

／／／／／／

想起父亲很久很久以前第一次跟我聊到"乡下人"的那个午后。

应该还是初中的年纪，跟他坐在某间百货公司对面的咖啡屋，大概在等母亲做头发还是购物。我问一直注视着对街的父亲："你在看什么？"他笑了起来，说："你看那个百货公司的警卫。"

一个满脸红通通的大叔，穿着并不合身的制服，身后跟了四五个妇孺。小孩子围着他开心地跑前跑后，一位妇人拍着他的肩膀，一直想要跟他说什么，那大叔却不专心地一直注意着来往人群，但脸上始终笑嘻嘻的。我才注意到他的嘴角还叼着一根牙签。他转身跟同样开心的其他人挥手，大家仍不肯散去。我想，那些都是他的家人亲友。

父亲说："你看，从乡下来的亲友特地来看他，一起刚吃过午饭。当了百货公司的警卫，很神气呢！他很开心，在大庭广众之下却又觉得很不好意思，其实心里头是很幸福的。乡下人哪！"

　　我再次转头去看对街的那一家人，也开始感受到那样幸福的温度。

　　四十年过去了。现在的我才更懂得那情景里被压抑的情感。

　　想要问父亲，那个时候他心里在想什么呢？

　　是否想到了大陆的老家？还有同一个村子里那些我从没机会见过的乡下亲友？

第三章

—

—

那些年不懂的事

晚春与秋暮

　　好多年没有看小津安二郎的电影了，难得戏院推出他早年作品《麦秋》的电脑修复版，果然是佳作。看完电影意犹未尽，找来他的杂文集《我是卖豆腐的，所以我只做豆腐》阅读。全书主要都是谈电影，以及他曾经应征召上战场，参加日本侵华战争期间的一些书信。但是书中收录了一篇跟其他文章不太搭调的《这里是楢山》，让我有了想要惊呼的发现——

　　小津终身未婚，一直与母亲同住？！

　　按照文中写的，母亲"已经八十四岁了"，"我和母亲同住，已经二十多年"，推算这应该是写成于一九六〇年，也就是小津母亲过世的前两年。

文章很短，用打趣的口吻叙述老妈觉得他们住的地方很像楢山，也就是深泽七郎以日本古时弃老文化为题材所写成的小说《楢山节考》的场景。《楢山节考》曾两度被搬上银幕，第二次由今村昌平导演，还获得了戛纳影展最佳影片金棕榈奖。

巧的是，今村昌平担任过小津安二郎副导多年，虽然日后师徒二人电影风格迥异，但今村昌平会想要来重拍《楢山节考》，是否跟师父小津写过的这篇短文有关，不得而知。

小说中，老年人一过七十，就要由孩子背上山，留下老人自己在那里等死，这样才能让穷苦的其他家人有足够粮食存活。小津对于母亲把自家位于北镰仓的山坡比作楢山，他是这样写的：

年轻时候的母亲是魁梧高大的小姐，现在依然是高壮的老婆婆，我虽然没背过她，但肯定很重。

如果这里是楢山，她愿意永远待在这里也好，不用背她上山，我也得救了。

读到这两句，我在莞尔的同时，感受到字里行间小津对母亲的日薄西山难掩忧心的淡淡悲伤，顿时让心头也变得沉甸甸的。

书前有一张年表，记载着小津于一九六二年母亲西归后，同一年完成了他生涯中最重要的作品《秋刀鱼之味》，隔年便过世了，享年六十。

/ / / / / /

虽然我的母亲过世已十五年，她仍然不时入梦。

常听到这种说法，会梦见死者是由于我们的不舍，但是这种不舍会让灵魂无法早日投胎，其实是对往生者不好的。如果真是如此，那我就太不孝了。

但我宁可相信这只是安慰伤心人的说法而已。

因为每次在梦中，我都意识到母亲其实已经不在了。没有什么特别戏剧性的情节，好像她就是路过来拜访一下，不知道从哪里就蹦了出来，也不知何时又从梦中的场景消失。我们没有重逢的惊讶，也不曾因需要话别而悲伤，通常这样的梦境都是愉快而家常的。

不仅在梦中，醒着的时候我也偶尔会发出一两句自语，说给母亲听的。这样算不能放下吗？还是冥冥中，我感应到母亲并无被羁绊的痛苦，所以才仍有着我们还在共同生活的错觉？

几年前有人介绍一位据说会通灵的师姐给我认识，她一坐下没多久就说："你母亲在这里。"我赶忙问道，她现在怎么样了？是因为我有什么事没帮她完成，所以没法安心投胎吗？

师姐说，她很好，就是在一种安静休息的状态。

这很符合我的梦境，我心想。为什么往生者一定要投胎呢？我从来不解。就算转世为人，一定是福报吗？做人多么辛苦。如果真像这位师姐说的，母亲在休息，终于可以好好休息了，我反而很安心。

"她想要跟我说什么吗？"我问。

"你还记得她最挂记你的是哪件事吗？"师姐反问。

当然记得啊！还不就是我没有成家这件事。最后遗书中母亲这样劝我："家人就是会吵吵闹闹，你不要嫌烦或害怕，还是找一个人跟你做伴较好，否则老来太孤单……"

这段话让我感动的是，她在婚姻中受的委屈，哥哥与她反目对她的打击，都没有让她否定我们对她的意义。关于我感情方面的事，她不是不知。但生前她早就已不催我成家了，为什么最后临终突然重提？如果她的重点是老来有伴，我毫无异议。多年来我也辛苦地寻寻觅觅，但就是注定孤寡，我也不希望如此啊——

"又不是想要成家就一定会有那个人！"

没有回答师姐的问话，我反而是非常自然地就直接跟母亲顶起嘴来。那一刻，我仿佛真的觉得她就在我身边……

/ / / / / /

如今小津的这篇短文让我陷入沉思，一个老母亲对没结婚的老儿子，究竟是种什么样的牵挂呢？

母亲在世时从不以结婚成家相逼，或许也是因为婚姻的苦她已尝过，担心我没那么坚强。而且只要她还在，儿子就不会真的孤单无依，至少还有她来照顾，或许这样的想法也让她稍感安慰。直到她重病了，知道无法继续守护这个老儿子了……"还是找一个人跟你做伴较好。"她说。

"你看，现在的我虽然还是一个人，但是没有不好，放心吧！"总是会把心里的话脱口就说出，好像母亲一直还是与我同住似的。

说也奇怪，对母亲说出这话后，没多久就又梦见了她。

梦中我们好像要去参加一个什么开幕活动，她迟迟未现身，让我等得有些焦急。终于她出现了，脚步有些踉跄，比我记忆中老迈了些。我迎上去搀她，直说辛苦了，同时闪过一个念头：怎么人死了以后还会老呢？……

下一秒钟，母亲的形象出现变化，我发现她换了一个发型，十分蓬松，发尾烫得向外卷翘，是复古样式。走着走着，她停下来要我看她的衣裳。什么时候她突然又换上了一身全白？也是复古样式的小礼服，腰间一截还是红色的丝缎。

然后我看到，身边的母亲不知何时已变身成了少女，苗条纤瘦的体态配上那一身复古的打扮，那是我只在相簿中曾见过的，还没有成为任何人的母亲之前的那个她。

从来母亲在梦里都是我熟悉的、她生病前的模样。而这个一身白纺小礼服的少女是母亲，但也不是母亲。那是她在我出生前十年的身影，我与这位少女在那时还没成为母子。但是母亲在梦里显得很开心。

梦里面对这景象，我突然发怔了。不知为何，我开始有了一种哀伤的感觉。我记得梦里的自己好像明白了什么。

母亲来道别了。

//////

小津的电影几乎都是围绕着家庭生活在打转。从《父亲在世时》《晚春》《东京物语》到最后遗作《秋刀鱼之味》，里面都有一个在为子女伤脑筋的父亲角色，都是由同一个演员笠智众所扮演。

一年拍一部戏，总是差不多的镜头角度，内景多过外景，还有大同小异的演员班底，这已宛如小津生命中的某种仪式了，供奉着他心中的一座小小神龛。

从不曾有过自己的家庭，但是对家庭题材如此热衷，尤其是笠智众的父亲形象简直就像是作者的代言人，和蔼温良，清瘦斯文，总是彬彬有礼。没想到，我们全都被小津误导了。他本人其实是个大块头，不拘小节、爱喝酒、喜欢热闹。不但一辈子单身，在他的成长过程里，父亲也一直是缺席的。

小津也没有恋爱史。

外界曾一度揣测，在他多部电影中担任女主角的原节子，或许是小津的情人，但这一直只是传闻，两人从未被发现有交往中的证据。原节子在小津过世后亦退出影坛，到一九九三年过世前几乎不再露面。两人都终生未婚。

明明没结婚的是自己，为什么总爱拍女儿的婚事？

想到一个身材魁梧的老婆婆，与她身高近一九〇的老儿子，挤在日式榻榻米的木屋中一起生活，我不禁暗自笑了起来。

不论是谁跟谁撒娇，那场面在外人看来都有一点突兀吧？

//////

那一年我还在纽约念书，父母暑假的时候来看我。之后父亲因为有事得提早返台，母亲继续留下直到秋凉。那一个多月，是我今生唯一也是最后一次与母亲单独生活的时光。

母亲的生活很规律，晚上九点就开始准备就寝，洗身、换衣、擦她的各种保养乳液，要忙上一个多小时。有时我会听见她一边放着水，一边轻声哼着歌。

有一天晚上母亲心情特别好，要我拿出 V8 摄影机帮她拍电影。

她开始换上一套一套在纽约添购的新衣，学着服装模特儿走起台步，有时还会依照我的动作指示，时而故作风情万种，时而摆出三八阿花式的巧笑倩兮，让执机拍摄的我笑到无法继续。

多年后回想此景，不禁怀疑是不是母亲故意在搞笑逗我开心。我这辈子不曾"彩衣娱亲"，反倒是我的母亲那年下场"彩衣娱儿"了一番。不知有多少儿子成年后能跟母亲扮起这种家家酒，若是有旁人在场，大概也没法玩得如此尽兴吧？

初秋的纽约，带母亲去看电影《喜福会》，一部催泪的通俗片，讲的全是母女间的爱恨纠葛。散场后，我等母亲去洗手间，她一出来就像发现新大陆似的跟我报告："美国人怎么会那么爱哭啊？一堆人都在里面擤鼻涕擦眼泪……"

她自己真的没有哭吗？我不知道。印象中，母亲极少在我面前掉眼泪。

母亲过世第二年，给学生上亚美文学时我挑了《喜福会》这部小说，顺便也在课堂上放了电影。

片中有一幕是四家人要拍大合照，其中那位母亲已过世的女儿，与其他三对亲亲爱爱的母女一块儿站在镜头前，脸上的表情既是落寞，也充满了尴尬与悒郁。

看到这里，坐在课堂角落的我突然就红了眼眶，听见心里出现一个声音悄声对我说："你已经是个没有妈妈的人了……"

/ / / / / /

母亲过世后，小津仍然打起精神完成了《秋刀鱼之味》，没有想到这成了他的遗作。母子相继一年之内过世，是因为小津觉得终于心愿已了，可以安心放手了吗？

虽然总在拍家庭日常，但我以为，小津电影最终的主题，是孤独。

传宗接代、柴米油盐、相亲嫁娶……说穿了，不过是人类为掩饰或逃避孤独的一场瞎忙罢了。对于曾在"二战"战场中出生入死过的小津，生命的无常早已看透，人人为成家立业忙得煞有介事，他冷眼旁观，像在看一场家家酒。

那些会说小津电影多么温馨感人的，我觉得他们压根儿就没搞懂，电影拍得柔静舒缓，并不表示内容就是温馨抒情。小津的电影善用这种反差，把家人之间的暗潮汹涌、遗憾与无奈，不着痕迹揭露，到最后每个人都只能靠隐忍退让，继续维持着表面和谐，把戏演完。

明明就不相信婚姻家庭那一套，但是他就要揶揄一下观众：我即使单身不婚，比起你们这些开口闭口"家庭"的人，我还更了解这是怎么一回事哩！何必假戏真做？我只需要在电影里面"演"出那一场又一场的夫妻子女关系，也就达到目的了不是？真实的人生里，这一场戏演得再卖力，还是会曲终人散，每个人到头来还是得要面对自己的孤独啊！

在世唯一放不下的，只有他的母亲。

相依为命的大半生里，他是一家之主的父亲，也是那个嫁不掉的女儿。母亲有时像带着一点叛逆的女儿，有时也是最知心的姐妹。早已没有那些称谓、角色、性别的框框，就是两个人一起勇敢地面对生老病死而已。

（这里是楢山……）

小津的《秋刀鱼之味》，也是他与母亲前往楢山的最后一哩[1]路吗？

每个做子女的，心里都有这么一座楢山。有人觉得父母老了就该送走，有人宁愿是自己活在那座山上。背老人到山顶的路程艰辛险峻，有人中途便不耐跋涉，干脆半路上就把老父丢下山谷。

年轻时看《楢山节考》这部电影时，还不能体会楢山的隐喻是什么。

如今重看，终于明白了楢山的启示：即使最后不得已要把父母送上山，做子女的还是得熬住那段翻山越岭之苦。那段艰险的路途，是与父母最后珍贵的相处；最后的同甘共苦，让原本看来逆伦的习俗也出现了暮色将至前动人的光影。因为只有尽力走完全程，道别时才能无所牵挂。

电影结局时，儿子看着母亲在山顶安然闭目静坐，这时天空下起了传说中会出现的一场大雪。"下雪了，妈妈，神来接你了！真的下雪了！"儿子激动地流着泪，为母亲高兴。因为只有爬到山顶才会降雪，母亲才会在雪封中平

1　哩为英美制长度单位英里的旧称，1 哩合 1609 米。

静西归，而不是被山上野兽吞噬。

/ / / / / /

我想到了母亲变成少女的那个梦。

会不会母亲一直还在我身边，不是因为我的思念绊住了她，而是她在等我走完属于我们的最后一程？

当她看到我终于度过了晚春与秋暮，走完了悲伤，终于可以接下来与父亲好好一起生活，她才觉得安心，是道别的时候了？

梦中她那一身白衣，在我眼前开始化为一片纷飞雪花，我也同样激动得掉下眼泪。

美 丽 与 慈 悲

埃玛妞·丽娃（Emmanuelle Riva）过世了，这个消息在台湾只出现在部分网络媒体，我还是从《纽约时报》最先看到消息。

几天后有一个什么香港喜剧片谐星过世，演过的"名片"叫《烈火奶奶》，听都没听过，竟然还被主流媒体以显著标题报道。年轻的记者编辑对老前辈没有兴趣，也缺乏常识。他们的"怀旧"就是小时候看过的港片与卡通片，而台湾的视听就在他们手上。

就像前几年金马奖，终生成就奖颁给了李丽华。了得的巨星，高龄九十还亲自出席，竟然媒体也是冷漠的。本还期待会出现一个什么专访，结果巨星也只是静静地来，悄悄地走。

李丽华欸！六十年前就被好莱坞邀请去拍片，在《飞虎娇娃》中担任女主角，还很高调地嫌男主角维克多·迈彻（Victor Mature）有口臭，拒拍吻戏。不像现在的某些女星，能在美国片中当个花瓶也喜不自胜，脱戏、吻戏、床戏没敢说不的。

最近愕闻李丽华九十三岁高龄过世了，她的陨落也像暗示了一个时代的落幕。

是我老了吗？

还记得上世纪九十年代初，白光[1]最后一次来台湾。那时有一位在报社的记者，大我一届的学姐，她不像我是从小听白光的歌长大，被派去采访前要我帮她先做功课，回来后很兴奋地一直跟我说，这位老人家真是太有意思了！这么风趣健谈，简直是半部电影史！她就这么也成了白光迷。

1　白光（1921—1999），生于北京，原名史永芬，著名电影演员及歌星，被称为"一代妖姬"。

新闻说，再过三年，台北市人口就将进入"超高龄化"，但是我们的媒体上能看得见的泰斗级老人，只剩政治人物。

/ / / / / /

不久前我在一次演讲中介绍了埃玛妞·丽娃主演的《广岛之恋》。

每隔几年都会重看一次的这部电影，算是我的艺术启蒙之一。舞台剧演员出身的埃玛妞，之前从没拍过电影。然而，这么亮眼的初登场，并没有让她的电影事业顺利登上另一个高峰，不如后来的让娜·莫罗（Jeanne Moreau）、凯瑟琳·德纳芙（Catherine Deneuve），成为国际知名的法国女星。《爱》的导演迈克尔·哈内克（Michael Haneke）也是《广岛之恋》迷，特别邀她复出，对此，她事后对媒体笑说："大概是他想知道，现在的我老成了什么样子吧？"

不自伤，不自怜，更没有矫情。红颜变白发，物是人非，丝毫不损她以身为表演艺术家自傲的高度。

最后一次在大银幕上看到她的残败枯老、皱纹密布的容颜时，一开始也震惊得无法接受。但随着电影的进行，她的演技，她的气质，却依然令我着迷，让我不禁联想到与她合作《广岛之恋》的女作家玛格丽特·杜拉斯（Marguerite Duras），在她七十岁时写下的《情人》一书中的开场：

他们都说你年轻的时候多美……但是我觉得你现在比年轻时更美。我更爱你现在这张被岁月摧残后的面孔。

//////

以前读这几句时还无法想象，那是什么样的一张脸。看了《爱》后，发现埃玛妞·丽娃无疑为这句话做了最迷人的诠释。

《广岛之恋》中的她是一种美，《爱》中的她又是另一种。前者的美灿烂浪漫，带着随时为激情而疯狂的难以捉摸。后者的美柔中带刚，却又返璞归真带着一种孩童似的清明闪亮。

在演出这样一位老人时，她不会因为与现实人生太接近而感到畏惧退缩吗？

现在回想起来，当时的她是否已经知道，自己体内的癌细胞正蓄势待发？

　　藏在那张被岁月摧残过的脸孔之下的，是五十年来守住的一份坚持，原来那就是美。

　　没有因为演艺事业不如意而成了一个自废武功的落魄女伶，五十年后在银幕上看到的这张脸，仍然是一张艺术家的脸，从未染上过俗艳或风尘，才能在五十年后如此干净。

　　仿佛她知道，自己的坚持不会白费。

　　不为等待什么，也不再缅怀什么，只是她很早就已选择了这样一种生命方式，一种慢慢进行中的灵魂雕刻，越到老来，那雕刻作品越显得贵重、完整。

　　一般市井小民都无法面对自己的老败肉身，更何况是电影明星？

　　不仅勇敢，更是一种慷慨与慈悲，她让举世目光终于正视了老为何物。

　　／／／／／／

　　在《爱》中与埃玛妞·丽娃演对手戏的让-路易·特兰蒂尼昂（Jean-Louis Trintignant），我比《广岛之恋》更早认识他。

第一次看《广岛之恋》是在大一的时候。但是生平看过的第一部"法国艺术电影"，应该是小学五年级时随父母去看的《男欢女爱》[1]，让-路易·特兰蒂尼昂与阿努克·艾梅（Anouk Aimée）主演。

四十出头的父母，当年都还是不知老为何物的电影迷。那时，常有一些欧洲艺术名片被片商以色情片手法包装引进，变成了什么《大魔女》《小妖精》，鱼目混珠，流落在各方偏远二流戏院。然而我的父母只要风闻，必定不辞辛劳跑去"朝圣"。我们一家三人为了这部片名很A的《男欢女爱》，摸到了八德路上的华声戏院。当时就已经没落的老戏院，后来一度还改成了迪斯科舞厅。不记得最后是哪一年拆除的，如今很努力地想记起它的原址究竟靠近何处，但是好几次走在八德路上东看西看，一点蛛丝马迹都没有。

这一生，每想到我与父母一起看电影的童年，这部电影一定会鲜明地浮现。

1　中国大陆译为《一个男人与一个女人》。

原名直译就是"一个男人和一个女人"，得过戛纳金棕榈奖的名片。我印象太深刻了，之前从没有看过电影可以是这样拍的。更难忘的是，看完之后父母兴奋地对这部电影的特殊手法津津乐道，我也抢着发言。

那样的时光，那样的从前。

我们有过那样短暂而真实的快乐。

/ / / / / /

一个男人，丧妻；一个女人，丧夫。男子是赛车选手，女子是电影场记。他们在某次接送孩子上下学时邂逅了。恋爱了，也开始痛苦。因为上一段的感情创痛仍没有放过他们。于是分手了。男子开着快车追赶女子搭乘的火车，最后火车月台上又见面了，拥抱，镜头旋转旋转旋转，定格，没有下文，剧终。

简直没有故事可言，但是我真的看懂了。

才十二岁的我的确"看"到了电影中有一种忧郁。

在跳接的画面中，在黑白粗颗粒摄影的胶卷上，在无所为而为的镜头里，藏着深深的疲倦与迷惘。

叫我老灵魂吧。

那时迪士尼还叫作"狄斯耐"，他们的卡通片与适合阖家观赏的温馨喜剧，与我同龄的孩子都趋之若鹜，我却从来提不起兴趣。

等看到了《男欢女爱》，我觉得终于有一部电影，演的是我所认识的生活，而不是那个欢天喜地的虚假世界。

/ / / / / /

忍不住又把《爱》的 DVD 找出来，一个人静静重看了一次。

（一个人生活至少还有这点好处，想到什么就可以做什么。）

之前在看这部电影时，两位老演员还活得好好的。现在其中一位已离世，再看就有了不一样的感触：癌症末期的埃玛妞·丽娃会想起《爱》吗？会感觉冥冥中那像是一场人生的预演吗？

自己那些年的处境跟片中太贴近，之前不敢太往下深想，有些台词甚至印象模糊。

譬如，乔治在片中跟安妮说过一段童年往事。

他记得小时候有一回边哭边向同伴叙述他刚看过的一部电影的剧情。他说，在看电影的时候并没有太多感动，却是在转述时情绪突然一发不可收拾。多年后他对那部电影的剧情已毫无印象，只记得那个下午自己边哭边说的感伤。

之前没看出来，这段夫妻闲聊是导演的伏笔，暗示乔治是个感情用事的人，常常当冲击来临时无法处理情绪，比如说，悲伤。虽然看起来对老妻的照护无微不至，但是陷在自己情绪里的他，忘记了照护最重要的部分是爱、理解与支持。

在妻子病得脱相的时候，女儿某日无预警来访，他第一个反应竟是去把卧房门锁起，不让女儿相见。他没有意识到，他的悲伤已经朝愤怒倾斜。他的不肯放手，反而更像是为了让自己减少罪恶感，将自己的情绪转嫁到了老妻身上。最后连亲手结束安妮的生命，也是情绪一时失控下的反应。

片中有两次鸽子飞进了他们的公寓。

第一次，老人毫无悬念地将鸽子赶走，隐喻着他无视这是夫妻俩最后恩爱的时光，一心只希望能扭转逆境，解决眼前的照护问题。

第二次，尽管对迷途的鸽子百般不舍，但最后只能放它自由，一切为时已晚。

/ / / / / /

这些年既历经了照顾罹癌的母亲，也正在继续照护着老迈失能的父亲，害怕与愁闷总是难免。但是我总提醒自己一件事：最体贴的付出不是看病吃药，而是**承担**。

承担那些悲伤、恐惧、孤独、不甘，负面的情绪都由你收纳，然后留给你与被照顾者一个平静的日常。

因为你在看护的，仍是生命在进行中的人。

尽量不去思考疾病多么凶险，也不去问结局究竟会如何，这过程是长是短，也不做任何预测。在病者与老者面前，我尽量用一种不显露出强烈期待的方式，就是与他们过日子。

企图扭转与改变的盼望过度急切，或已经乱了阵脚无法胜任的沮丧，这种种情绪，病人其实都会有感。所以，何必要加重病人的心理负担？让他们一直有种"很抱歉，我破坏了你们的生活"的罪恶感？

因为完全没有去想过母亲还有多少时间，最后送母亲住进医院时，医生跟我说了半天话，我的反应都让他摸不着头脑。最后他也急了。

"你怎么都听不懂呢？我的意思，就是这几天了，要准备准备了！懂了没？"

/ / / / / /

母亲过世后，有一段时间里我不断听到有人对我说"你那时候怎么没有试试看去找……""你有没有听说现在有一种新的……"，才知道原来我如此孤陋寡闻，从气功到草药，从中国大陆到美国，这世界上还有这么多癌症的克星，就算听起来不是正统医学，但总是一个机会。

听多了这些话，难免就会自责，为何没有为母亲上天下海去求取仙丹？即使明知希望不大但仍努力试过，我的悲伤会不会少一点？

"我不怕死，我只怕受罪。"母亲曾经在化疗初期这么说过。

看着母亲的生命一点一滴消失于黑暗的尽头，不是没有过椎心煎熬。但，也许就是她这句话让我获得了某种平静。就算真的那么做了，我事后分析，那会不会只是想逃避失去亲人的恐惧？因为没有办法面对那样的悲伤，所以只好借遍访偏方来转移自己的注意力？

身边许多做过同样事情的人，不管是为亲人或为自己，最后都还是输给了死神，包括哥哥在内。

当时他从美国拖着病体回来求诊，我很想跟他说："你不希望跟你的子女多一点相处的时间吗？"但是我没有立场说这样的话，如果他的妻小都同意了放行，我这个后来连他的死讯都没有被通知的弟弟能说什么呢？

我想，哥哥那时候心里一定是很害怕的。所有那些另类疗法，不就是针对这些绝望与恐惧才有商机吗？

/ / / / / /

我们都有一天得要面对"放手还是继续？"的抉择。
我们会希望身边的人尊重我们的选择，所以我们更要谨慎，对于自己做出的是什么样的选择。

　　这回重看《爱》，对于老妇要求配偶答应绝不再送她进医院，以及后来希望能让她就这样结束，我突然感觉，这真是个残忍的请托，跟老先生一定要让她活着一样残忍。

　　她为了他，痛苦地继续苟延残喘。

　　他也为了她，精疲力竭，最后崩溃杀人。

　　两个相爱一生的人，到最后怎么会是这样彼此毁坏？那样的至死方休让我不禁打了个战：所有的恩爱，最后都要还回去的吧？

　　到了该放手的那一天，就算无亲无故也不要觉得凄凉。要记得，你没有给身边的人带来任何磨难。

　　生离死别的痛苦到你为止，那也是一种对生命的慈悲。

　　（对了，我有没有提到埃玛妞·丽娃终生未婚，没有子女，不用手机，家中也没有电视？）

粉笔与华发

同学们告诉我，老师生病了。

想去探望老师，但是听说有时候她会见同学，有时候不见。我心里在斟酌着，这样会不会对羸弱的老师造成打扰？如果我是她，以前在学生眼中一直是偶像的自己，介意让学生看见自己现在的憔悴吗？

曾经，在放学后空荡的教员大办公室里，那个喜爱现代文学的少年，总爱与同样不脱文青气质的国文老师天南地北谈小说，聊电影，常常话匣子一开就到了华灯初上。二十五年教学年资一满，老师就立刻办了退休，她说孩子越来越难教了，体力精神已不堪负荷。远离了升学主义与考卷，那时的她看来很愉快。

虽已有心理准备，等终于见到老师的时候，我还是吃了一惊。

从前她那一头褐色波浪卷的长发没有了，只剩早已花白随便剪成齐耳样式的短发。老师的声音没变，还是当年为我们讲课时的细语温柔，只不过，她现在述说的是自己的病情。

之前已来探望过的同学就告诉我，老师是心理上的问题，一直说邻居们在监视她，有人要害她，整个人变得极瘦，不肯吃，也不愿出门。

倒是与她同住的太师母，高龄九十几，历经脑瘤、心肌梗死，反而比老师看起来更活力充沛，讲起话来依旧中气十足。在读书的时候常去老师家玩，知道老师有一个颇强势的母亲，现在看来更是如此。

大家以前都多喜欢我们这位美丽与气质兼具的国文老师啊！虽然教的是龙头升学班，但是她依然带我们唱歌、写诗、演话剧，还会带全班校外教学看展览。

当年，她才二十七岁。

如今老师气若游丝，脸色苍白。身体硬朗的太师母一直守在旁边，不时打断她的话，大嗓门地对我与另一位同学警告："你们老师有病！"

//////

　　一直单身的老师与母亲同住，感觉上相处得不是很愉快。几年前和老师通过一次电话，她提起有一回进了家门，看见母亲倒卧在地，手脚冰凉，她心想这一天终于到来了。"结果她又醒过来了。"老师悠悠地在电话那头说道。

　　"老师为什么不找个附近的地方，搬出去自己住？"我问。

　　老师却只是支支吾吾，直说没办法。

　　"老师啊，你这样不行，你一直是乖女儿，但是照顾父母的时候不能光做乖女儿，有时候你才是家长，也要有你自己的意见，你自己的生活！"

　　虽然面对的是自己的老师，但是在这种问题上，我是过来人了，几乎像对自己的学生耳提面命般，我对着电话筒急急喊话。

　　"你自己要先独立，否则太师母哪天走了，你就更悲惨了！"

　　如果老师那时有听进去我说的话，也许眼前的景象就会完全不同了吧？

老得奄奄一息的女儿，与老得越发百毒不侵的母亲，谁才是谁的守护者？着实让人有种错乱的感觉。

/ / / / / /

"你们老师有病，她——"

这回顾不得晚辈礼貌了，我硬是抢过话来："老师，我们都好怀念以前的国文课啊！""老师，以前政治老师都说老师最漂亮了，被你教到是我们的福气！"……

老师笑了，起身取出茶几下的一册相簿。相簿里收藏的不是往日的校园生活回忆，而是老师那年一退休后，跑去找专业摄影所拍的一组组个人艺术写真。套用今天的流行语，那一帧帧彩照中的人还真是美魔女。

与在课堂上清雅、朴素的装扮不同，老师在摄影机前尝试了艳丽、活泼的各种造型，二十五年的粉笔生涯，退休后的她还是美人。

单身的美人，对接下来的人生充满期待，流露出一种当年做学生的我们从没见过的娇媚之姿。

"又拿出那个相簿来干什么？"被冷落在一旁的太师母再度发言了，"你们老师很奇怪，花好几万块去拍那些什么东西，浪费钱！"

//////

我装作没听见。

忍住内心一股悲伤与不忍，我从相簿中抬起头，环视这间老公寓里的陈设。

记得当年这里是平房改建的，屋内的布置、装潢也就停留在入住落成新屋的那一年。那些家具的样式、壁纸的图案，其实与我自家老宅颇类似。

屋内的阴暗并非全然采光不良造成，而是因为长期处在一种封闭状态，外人进不来，屋里人出不去，或是无处可去。沙发餐桌在堆积的许多旧物中看起来尤显笨重了，整个空间让人感觉格外拥挤。

这样的景象让我想起，为何终于下定决心把老宅进行清扫大整修。

去年，经过整个暑假的清理，老宅现在看起来清爽多了。之前父亲让我搬出去，我也就知趣地不多干涉，毕竟那是他的空间。来修屋顶防漏的师傅告诉我，本来几家邻居都讲好一起翻修，结果要施工的时候，那时还与父亲同居的女人上顶楼来大吵大闹，不肯出这个钱，所以最后只有我们家没动工。

十年前这段原本不知道的插曲，背后的真相，无非是父亲那时就已经老了，老到连自己的住处都无法管理或整修。尽管那时的他，出门都还是穿戴得笔挺光鲜。

原来，老并非都是先从外表衰颓起的，往往从住宅常年失修，就可看出居住者的老态已渐露端倪。

修缮住宅得花上几个月的精神和体力，家里没有年轻或力壮的人主事就办不成。而多数老人只要还能自理，也几乎都是反对住宅有任何更新变动。不管何者为因，何者为果，老人最后总一步步被自己的空间拘禁，困在一个老旧的居壳中。

我帮父亲也帮自己摆脱了那个如同命运隐喻般的暗旧巢穴。这念头让坐在老师家客厅里的我一方面庆幸，也一方面感慨——

我的老师与她的母亲，在这个记录了一辈子积怨的空间里，仍继续彼此折磨着。

/ / / / / /

虽无法确知老师退休后这二十年发生了何事，但是隐约可以感觉到，她在某个时间点突然就放弃了。

早几年在那通电话上她就曾告诉我，因为视力不好，她已经放弃了阅读。曾经那么喜爱文学的她竟会说出这样的话，当时我就十分惊讶，没想到那已是警讯。

那个照相机前巧笑倩兮的美魔女，也被放弃了。

像是一脚踩空，她从期望着退休后的美好新生活，一下掉到了万念俱灰中。

是因为单身不婚女性在这个社会上仍承受着无形的压力吗？

如今生病的老师在这个家里，竟然被当成怪物一样。有可能最大的压力来源不是外界的眼光，反而是自己家人对她的异化与边缘化？

老师的心里究竟压藏了多少外人不知的心事？照护母亲多年，换来的是自己的失常，应该是早就种下病因却无人关心，才会演变到这个地步的吧？

难以想象老师还有两个弟弟，还有弟媳与侄辈，他们也都放弃了这个姐姐与姑妈？

／／／／／／

没一会儿，住附近的那位弟弟下班了，打电话说要过来。既然跟太师母问不出所以然，我本以为，能跟这个弟弟说到话或许会有帮助。

看护去开门了，半天没见到人影，对方似乎刻意不想打照面。虽然意识到对方有下逐客令的意思，我仍不愿起身告辞。没想到他就一直在楼下等，最后才不得不进门。他的出现让整个空间的气氛立刻不同，一家之主般跷着腿在中央的沙发上端坐，与母亲一搭一和，继续数落着老师的怪异行径，生怕我们不相信似的。

"你们老师根本有问题，她神经不正常！"沙发上的男人不耐烦地看了老师一眼，对我们严正宣告。

我终于控制不住了，脱口而出："老师没有问题！是你们把她变成一个问题的！"

客厅里霎时一阵静默。

//////

从老师家告辞之后，我和同学两人站在楼下大门口，面面相觑，半天说不出话来。

算一算，老师今年六十七，也不过才六十七。但是她一直没有独立生活过，从来没有属于自己的隐私，自己的空间。中学老师的工作环境虽然相当封闭，但也相对单纯。往往从那样的环境退休后，也就少了那一层保护罩。

同样地，单身久了，也会有一种因怠惰而产生的不合时宜的天真。婚姻中的容忍、牺牲，亲家间的应酬、人情，何时该冷战，何时该恩爱，这种种不婚者所不知的拿捏与算计，久而久之，亦可把人磨炼出更多元的生存招数。

如果以上两者皆缺呢？

（进入人生下半场，不过是另一场生存战的开始啊！）

年少时的我们，在最苦闷的升学阶段曾有老师温柔的陪伴，但是现在的她这么孤单无助，作为学生的我们却不知道能做什么。

毕竟，我们仍是外人。

在探视的过程中，一直可以感受到她家人对我们的来访，有某种程度的敌意或是不信任。除非我们去向社会局通报？把老师强制送医灌食做治疗？

孤身的她，就算脱离了这个家庭，之后呢？她能学习独立开始另一种生活吗？

哪一天老母亲走了，老师还能继续住在那房子里吗？

弟弟一定会想把这个"问题"处理掉吧？这房子不可能是在老师的名下，看得出来太师母是疼儿子的，所以——

（不敢再想下去了。）

已听过太多关于老后的悲剧。只不过，这回故事中被人遗弃的不是年迈的父母，而是那个未嫁的老女儿。

独居老人的问题值得重视，可是有多少像老师这样，被家人关在屋里的例子没有被发现呢？并未失智却濒临崩溃边缘的单身老儿女，该向谁求助呢？

想到当年的自己，体弱多病，敏感早熟，郁郁寡欢，十二三岁就有想死的念头，曾经是个让老师担心的学生。四十年后回首，我看见自己的改变；而我的老师，她的生命就这样涸枯了。

　　眼前又浮现二十七岁的老师与那个十三岁的少年，在黄昏的校园。时光霭霭，我的目光也渐渐模糊了。现在看来，那对身影，都还是未经世事，仍在做梦的年纪啊！

　　我该如何告诉当年的这两个孩子：敏感、细腻的人也可以勇敢，才更需要勇敢？

故 乡 与 异 乡

多年来我虽曾反复重读《异乡人》，没想到直到最近才发觉，自己竟然一直忽略了一件事：加缪那个耳聋又不识字的母亲是何时过世的？

加缪三十岁不到就写出了《异乡人》。

他的父亲是贫穷的阿尔及利亚的法国移民第二代，母亲也是来殖民地讨生活的西班牙穷人家的女儿，不但是文盲，而且左耳耳聋。

加缪的父亲在他一岁的时候就从军，参加了第一次世界大战，不幸牺牲。从小很会念书的加缪，靠不识字的老母当清洁妇抚养长大，母子相依为命多年。

据说，小加缪与母亲去看电影时，因为当时默片中间会有字卡，加缪都得帮母亲大声读出来。母亲怕儿子觉得丢脸，每次都会故意放大嗓门对儿子说：

"哎呀！我的眼镜忘了带，你得帮我念念，上面在写什么？……"

以加缪过人的资质，却只能一直待在阿尔及利亚，一直到读完大学才得以脱身。不被认可的才华，加上白人贫户在殖民地的尴尬处境，让他对生存的孤独感体会尤深。

喊出"存在主义"这个名词的萨特不一样，他是有钱人家的少爷，偏偏年轻的时候生得丑，没有女人缘，难怪想要搞出一番名堂，拼命想拉拢加缪却一直碰钉子。

也许加缪不是真的觉得存在主义的内涵与自己的想法有分歧，有时我会这样猜想。他会不会是因为打心底觉得，萨特这个养尊处优的公子哥儿懂得什么是存在与荒谬，所以才不想与他为伍也说不定啊！

一夕成名的加缪，四十三岁就得到了诺贝尔文学奖。三年后，一九六〇年的一月，他与他的出版发行人于一场车祸中双双丧命。

/ / / / / /

很少有文章提到加缪的母亲。我特别为此上网搜寻，结果让我大吃一惊。

竟然，加缪的母亲与加缪是在同一年过世的。老太太比加缪还多活了八个月，享年七十六岁。

原来加缪从来没有经历过母丧。小说中单身小职员丧母后的孤绝，那么深刻、真实，原来纯粹是出自加缪的想象。

四十六岁就过世的加缪，不知为母亲入殓是什么情境，对父亲的过世毫无印象，更不用说，半百之后守候衰老的母亲这样的体会也都不曾有。

这算是幸，还是不幸？

然而，"母亲会在养老院孤单地死去"，这仿佛是前途尚一片灰暗的加缪，在青年时期最大的隐忧与悲伤。

尽管他下笔之时，母亲才五十多岁，离送进养老院还遥远得很。有无可能，已经襁褓失怙的他，有天可能要失去母亲的恐惧始终萦绕心头，才让他写出了这本旷世名著的第一章？

//////

加缪自己说，这本小说是"关于一个人，因为没有在母亲葬礼上掉泪而被判死刑的故事"。

小说一开始，主人翁的母亲过世，他匆匆赶去养老院奔丧，从头到尾没有流下一滴眼泪，后来在他犯下杀人罪后，没掉泪这件事被检方渲染夸大，认为这就是他丧心病狂的证据。

在按下扳机的前一秒，主人翁感到"太阳刺目炽烈……这跟妈妈下葬那天是同样的太阳"。我的解读是，在那一瞬，他潜意识里闪过的模糊念头，或许是与母亲同归于尽。

甚至我会揣想，那个现实生活中三十岁仍一筹莫展的文青，是不是借着让主角母亲死于养老院，找到了与文盲母亲切割的自我合理化？

二十多岁仍渴望脱离困顿，不甘默默无闻的加缪，是否对母亲有着某种类似背叛的愧疚，所以才让小说中的儿子被判死刑？

//////

　　加缪不承认自己与存在主义是同路人，甚至后期也并未加入当时知识分子对法国出兵镇压阿尔及利亚独立起义的一致讨伐，引来了不少批判抵制。

　　以前一直不解，难道这是他自我标榜所谓"异乡人／局外人"的姿态？

　　这两年我突然有了一个奇怪的想法。再义正辞严的主张与激动人心的号召，背后可能都暗藏着个人与家庭的难解纠结。

　　我越读加缪的《异乡人》，越觉得像是读一本给母亲的情书。每隔几段，母亲都会在主人翁脑海浮现，失去母亲的那股悲伤始终如影随形。

　　一直"左"得不够彻底，会不会是因为他心里始终惦记着，作为人子未了的责任？

　　他的血缘与国籍是来自法裔的父亲，但真正的家人却是西裔的母亲，法属的殖民地则是母子唯一的家乡。阿尔及利亚若是独立，他不识字的老母亲离开家乡后，能够成为被接受的法国人吗？对他而言，阿独已经不是政治问题，而是情感中最脆弱的伤疤。

　　他不能再一次背叛母亲了。

　　如果他可以选择，会不会希望自己是葬在唯一的故乡阿尔及利亚，而不是法国的墓园？如果亲情国家政治血缘都让加缪的立场陷入胶着，我们这些小老百姓又如何能超越这些无解的对立？

　　眼前在台湾，每一个家庭里的老人，有的受过日本殖民统治，有的是从中国大陆过来，不要忘了还有那些仍生活在部落里的老人。如果"老"在某种哲学意涵上是一种**回家**的隐喻，所谓老有所终，那么至少我们这一代在照顾的老人们，在精神与哲学的层次上，都是无家可归的。

　　有些老人到最后只会说日语了。

　　有些老人只说得出湖北或河南老家的位置了。

　　我一直记得侯孝贤《童年往事》里那个总是要回梅县而迷路的祖母。

　　等我们老去的那一天，我们想要回哪里呢？能够回哪里呢？

　　//////

　　白发人送黑发人，加缪生前一定未料到，他的人生竟会是这样荒谬的收场。

如果加缪再多活几年，真正经历过丧母（或许在葬礼上他果真没有掉泪），他会不会写出比《异乡人》更深刻的作品？竟然老天没有给他这个机会。

三十岁前的加缪就已看穿了，俗世标榜的各种"意义"其背后的虚伪与虚无，五十岁后他若仍在世，又会参透什么呢？

有无可能，最后他厌倦了巴黎人文圈里的明争暗斗，也不再因身边美女如云而沾沾自喜，反而在五十岁后返家陪伴老母，静静守候到最后？

如果有这个机会陪伴母亲终老，会不会终于异乡人也找到了回家的路？

荼蘼与玫瑰

已是午夜阑珊的小酒吧里，最后剩下的几个熟客有一搭没一搭聊着，突然有人提起了你的名字。我说四五年前有天晚上还在街上遇到过你。接着那人顿了顿，脸上闪过一丝欲言又止的表情。

"他已经走了。你不知道吗？"

我怔住了，隔了几秒才咬着唇回问一句："怎么走的？"

那人说，也是辗转听来的，不清楚。

酒一下子醒了，拿出手机上网搜寻，只发现一两条聊天留言提到这个消息，时间都已相隔久远。我心想，这真是你的风格，像是永远没人能摸清的谜。感觉一阵胸闷，努力想记起，最后看见你的那天晚上，心想那应该就是你离去的前后。

（或者，那个夜里我看到的，是你游荡的灵魂？）

继续喝酒唱歌的他们，不了解我的惊讶与不舍。那你呢？我的反应该是你意料之中的吧？我到底还是舍不得你的。

竟然，你已经走了这么久了。

"怎么？你们很熟吗？"有人问。

"还好，就是很年轻时认识的一个朋友。"我说。

（否则还能怎么形容呢？你是否曾想过要跟我告别呢？）

／／／／／／

人海中一松手就是生死茫茫。你其实早就与我无关了。我连你的电话号码都删了。

认识的当年，如今想来已宛如前世的上个世纪末，三十岁还不到，一群男生总爱把人家咖啡厅占到打烊，怎么都不肯散。

那年，我们都才刚发现自己，刚发现在这个城市里自己的同类。不同的背景，差不多的年纪，我们都陶醉在自己的青春里，仍相信传说中的爱情，即将会如同一阵清风拂来。我们的笑声里难掩那份迟来的羞怯与期盼……风来花开，那样的季节还会远吗？……

难道是，我们都终究没等到那一天？

（你走的时候是一个人吗？）

竟是在这样一间沉暗氤氲的酒吧里得知你的离去，与记忆中的我们终究太格格不入了。二十几岁的大男生们，上世纪九十年代初风华时髦的台北，那才是属于这个故事的背景。

快三十年了，圈内真正后来还会保持联络的，仍是初相识的一群。只是有人在北京，有人在上海，或北中南已分散在岛上的各处。后来的我们再也没有当年那种单纯的自信，都受伤了，都痛哭了，疯言疯语，逢场作戏，都结起了冷漠的痂。后来，也只有与这几个老友碰面时才会向彼此揭开那些疮疤。

有些事只有我们懂。只有在上个世纪，第一次决定不再躲在暗处勇敢寻爱的我们才懂。

你不知何时就已退场缺席，没有人知道你的近况，除了在广播里仍可听见你的声音，却从没注意到，你的节目不知哪时起已经从频道上消失了。

此刻的我不知道是否要通知当年的其他人，他们势必不会如我，把你摆在心中如此之深的抽屉。

但是又该跟他们说什么？直到你已离去，才发现对你的所知仍这么有限。我甚至担心，在抽着烟想写下我们的故事的此刻，会不会不小心透露了太多？

（后来这些年，你究竟都把自己藏在哪儿呢？）

/ / / / / /

第一眼看到你，我想这是《红楼梦》里走出来的男生吗？不是蒋玉菡也是秦钟之流。细致修长，深深两道酒窝，尤其说话的声音煞是好听。然后你来听我的演讲，每次我的眼光望向你，你立刻就脸红了，把头垂下。

也许我一开始就误会了。

整个怀春的少年期在压抑中度过，不光是我，那个年代的我们，哪个不是到了二十五六岁后才第一次有了社交，才开始笨拙地学习在公开场合传情示好？我们约会吃饭，老掉牙的哏，却对那一代人来说是破天荒跨出的一步。

七夕前的台风夜，那是我们第一次吃晚餐。黄昏过后风雨渐强，我们却谈得深入，谈到各自不实际的梦想。

临去前你尖酸地抛下我至今仍抹不去的一段话。你说，我这种"名作家"不会懂得你这种人家的小孩的痛苦。你说，你的父亲什么都没给你，除了你这张脸，还有一副好声音。

后来我去了纽约。中间偶尔回台时，大家聚餐或约唱歌也还见到几次你的身影。一回结束后与你散步了好长一段路，你依旧语带揶揄："我终于第一次出国旅游了，去了夏威夷喔！"

本想解释，我只是一个省吃俭用的留学生，相较那时在台北年终奖金动辄十几个月的朋友们来说，我什么都不是……一咬牙，兀自挥手上车离去。

以为结束了，但是并没有。

几年后的我真的什么都不是了。

母亲过世了，情人自杀了，甚至一度我也不再写作了，也不接触任何圈内的人事，在朋友开的小酒吧里我喝完一瓶又一瓶的威士忌，心情就只有落魄二字。已经一脚在橱柜外的当时，想到母亲的过世与情人的自杀都是无法弥补的歉疚，想再回去橱柜里，至少那里不再有失望，我不会伤害人也不会再被伤害，只要得过且过就好。

但是，爬回去的路似乎比想象中更漫长黑暗。广播中听到你的声音，我再次情不自禁，和你约在黄昏的二二八公园。

"我只是很想再见到你。"我说。

我很想再记起，在这些年的这些事都还没有发生的那个从前，那时的我曾经能够那么幼稚地以为——

然后我就哭了。

公园里光线渐暗，游人影稀，凉风从树叶间唰唰吹过，然后我听到默声许久的你道出一句："我很抱歉。"

一切都随风了。

也许你就像是小王子遇到的那朵玫瑰，而我终究要前往下一个星球。

//////

几年后接到你的电话，依然是甜中带刺的嗓音："还会介意吗？可以好好说话吗？能邀你来上我的节目吗？……"

应该拒绝的。早也学会世故的我不是不知，但我的小人之心只愿用在后来亦不复天真的生张熟魏身上。但因为是你，希望能为你——不，为我们，保留一份青春的余韵。没想到你的功力又大进了，录音间里总是意味深长地对我凝视着。放歌了，进广告了。我们安静地坐着，没人打破沉默。

我尽量小心维持着一道不要跨越的线，一起吃个饭或相约小酌都不碍事。但那段日子里生活过得一团乱，最后我终于还是爆发了，十几年来的孤独与悔恨仿佛找到了宣泄，借着酒意在某个阒黑的巷口，我一把揪住你的衣领："我听说了……我听说你……自甘堕落，是真的吗？"

（你面无表情："我不需要回答你这个问题。"）

太典型的回答了。像被激怒的野狗一样的人永远是我，如玉石散发着熠熠冷光的永远是你。"为什么就是不能跟我说？"然而我又示弱了。

（"我们可以不要谈这个问题吗？"）

"没错，你的父亲只给了你这张脸和你阳光青春的声音，他忘了分给你一点良心与羞耻心！"

此话一出，我知道，这次是真的结束了。

"你挑错对手了。"我只能说。不是我认不清那个自卑又自恋的你，只是我骨子里的那个乡下人总以为，没有人可以永远戴着假面。

/ / / / / /

这些年，总有一种被时间欺骗的感觉。

二十多岁时，时代的浪潮就像一只巨人的手，把我们从沟渠中捞起，将我们朝向蓝天举捧在掌心。觉得不能再等了，快要青春尾巴的我们，已经浪费了这么多年了。我们在心中默祷着，很快的，这世界的改变会很快的……

三十年就这样过去了。

以为很快就会发生的那些事，终究还是步履蹒跚远在地平线的那一端，这一头的我们，仍旧只看得见那条长长拖曳的影子。

而当年的我们都已迈入初老了。

只有你，不会老了。

戴起耳机，一遍遍播放着同一首蓝调老情歌，芭芭拉·刘易丝（Barbara Lewis）一九六三年灌录的《你好，陌生人》（*Hello Stranger*）。想跟你说，我为我们点播了这一曲，献给已经很遥远的青春。

（"哈啰，陌生人，见到你又出现了真好，这中间已经相隔多久了呢？……"）

开到荼蘼春事了。

花季终于结束了，我的玫瑰。

谢谢你带来了这个消息，否则我怎么能真正放手，告诉自己从今而后，地平线那端只剩斜阳余一寸？

所有的相守或相忘，都是注定的缘分。缘分比情字更强悍，我如今才懂得。

有些人曾轰轰烈烈相爱过，之后一切无影无痕，从彼此生命里永远消失。而有些人，即使没有期待中的任何发展，他们总会再度回来，牵动对方生命中的一些转折。

是你的出现，惊蛰了我沉埋的青春；如今也因你的
离去，关上了我之前仍频频回顾的那扇门……

"都好吗？"

记得那天晚上最后与你擦身而过，我对你说过的最后
一句话。

"都好，你自己保重。"

说完你就继续上路了。

（"哈啰，陌生人。你又出现了。如果你不会停留，就
请放我走……"）

"喔，芭芭拉，不要哭了。"我说。

第四章

——

我将前往的远方

做 自 己

> 每个人的人生必然都会走到一个关键时刻，成败在此
> 一举，那就是必须开始接受自己是谁。再也不是你可以成
> 为什么样的人物，而是真正的那个你，之后永远都会是如
> 此的那个你，到底是谁。
>
> ——英国小说家，约翰·福尔斯（John Fowles）

有一篇短篇小说《好人难寻》，是任何美国文学选集
都会选进去的经典作品。

故事非常简单：主角是一个平凡、唠叨的老奶奶，某
日与儿孙三代出游到佛罗里达。在旅途中，老奶奶始终想
绕道去田纳西探望自己的老朋友，没想到这一改道，竟让

他们在半路遇上歹徒。

老奶奶脱口指认出对方就是新闻上报道的逃狱犯人，这下子引来了杀身之祸。歹徒把一家人依序带到树林里处决。老太太一直向他求情，拼命称赞他是好人，不会对妇道人家下手，却仍只能眼睁睁看着家人一一走上黄泉路。

老太太开始呼喊耶稣，歹徒却说自己从不祷告，反而嘲笑老太太："如果上帝真的能让你们起死回生，那现在就应该赶紧让你们上天堂与他会合啊！我不信上帝真有起死回生的能力。"

就在几乎放弃信仰，承认自己也不相信起死回生的那一瞬，老奶奶突然萌生勇气，伸出手按住歹徒的肩膀，对他说："你也是我的孩子。"

语毕，歹徒还是把她杀了。

老太太死时，作者如此写道："就像一个婴孩蜷缩在树下，带着微笑望向天空。"

我虽不是基督徒，但这篇小说深深打动了我。

小说中真正让老奶奶得救的，并非挣扎过程中频频呼喊耶稣，而是在面临死亡，走过恐惧、悲伤与失去，最终勇敢伸手按住歹徒的刹那。

　　所有意义的追寻与完成，都是要经过负面的检验，经过死亡、痛苦与狂喜，得出的果实才是真正的信仰。

　　一开始就深信不疑的，有时反而是一种盲目的自信给软弱的自己所打造的高墙。

　　/ / / / / /

　　学生跟我说，他们这一代坏掉了。

　　我问，怎么了？他接着用羞赧中带着些许怒意的口气说道，他终于明白，生长在台湾，他们这一辈中永远没有人能够成为迈克尔·乔丹（Michael Jordan），没有人能够成为村上春树、史蒂夫·乔布斯（Steve Jobs），甚至女神卡卡（Lady Gaga）……

　　我不知道该夸奖他们这一代的抱负远大，还是该耻笑我自己的度量狭小？因为我看不出来，能成为这些人有什么好？

　　"因为就会有很多人景仰你，爱你，你对人类的影响没人能忽视！"学生说。

　　"但是这些人都已经出现过了，而且，他们也都只会有一个，就算能够成为他们，也都只是第二号翻版了，对不对？"

"那我们该怎么办呢？"

年轻的孩子涨红了脸，好像快要哭了。

对于他们这一代来说，电脑从能识字开始就随手在侧，所有这些媒体上的偶像一路陪伴着他们成长，没有他们得不到的信息，各式各样的明星如同死党般在网络上随叫随到，加入偶像脸书中好友群也宛如跻身成功人士俱乐部，无怪乎一旦初期的兴奋消退，随之而来的即是愤愤不平与困惑："被尊崇的那个人为什么是你，而不是我？"

想要被记住、被尊崇的渴求不是他们的错，每个世代都会出现对成功、成名的焦虑，只是因为网络的兴起，让这样的目标设定显得更理所当然，让理想与现实之间的落差变得更加难以平心静气地接受。

"你说到的那些人名，难道只有他们的人生才是值得追求的吗？"我反问。

"你有没有真正想过，自己的特质与强项又是什么？为什么要让媒体告诉你，你是谁？而不是去反思，如果我不是他们，我可以成为谁？"

//////

不禁想起还在念书的时代，没有电脑查寻藏书，无法按下关键词就会显示出相关数据，因此我总是站在一排一排的书架前，一本一本地翻阅。

因为这样，我发现了太多并非"最热门搜寻"会提供的人名与著作。

我才知道，有这么多相对名气不大却在百年后仍被列为重要文献作者的作家。他们也许仅有那一两本著作，看似寂寞，却又非常怡然地被放在那不起眼的位置上。

世上有太多尚待被探索的知识，有的热门，有的冷僻，有的追求实用，有的强调精神，就是需要各种不同的人愿意付出精力，发挥所长，耐得住寂寞，相信自己的由衷之言有朝一日能改变世界，所以这个世界层出不穷的新问题，才能一次一次找到不同角度，突破现状。

我该怎么告诉年轻的孩子们，做自己不是因为选对了某条功成名就的路，有时反而是因为你选了世人眼中最辛苦的那条路？为了做自己，多少人其实付出过相对更加倍的努力？

/ / / / / /

朋友又气又无奈地给我看他在国外读书的孩子一顿饭
吃掉两百欧元的账单。我心想，谁要你给了他一张信用卡
副卡？但是嘴上还是安慰他："他从小就没吃过苦，知道
自己爸爸事业有成，这张账单爸爸付得起。"朋友脸上竟
然立刻就有了自得的笑意，完全没听出我的讽刺。

这不是付不付得起的问题。难道我这朋友没有想到过，
孩子可能把这张账单发在脸书上，期待众人来点赞？

我真正想说的是："你让他失去了认识到自己是谁的
机会。"

年轻的孩子不懂。他们或许以为自我的价值的成立，
是网络世界可以随时变换的虚拟身份，是脸书上传的一张
疯传的相片。只要有一个神来之笔，点赞人数可以从个位
数到破万。

然而，成年人就真正比孩子们更清楚吗？

这套虚拟的身份游戏，不是早在成人的世界里日日上
演？有多少人敢说，他这辈子不在乎拿出的名片上，印的
是什么职务头衔，待的是哪家企业机关？

如今，只是将这个势利又肤浅的游戏用数字科技文明重新包装，提前进入了年轻不设防的生命。

而后知后觉的我，过了很久才想通，朋友拿出儿子的账单，根本也是在对我炫耀罢了。

//////

撰写博士论文大纲的时候，有一章我计划要讨论爱德华·阿尔比（Edward Albee），但是指导教授对此质疑："他都已经三十年没有人讨论了，是个过气的剧作家了，改个题目吧。"并不认同这样看法的我，选择的是更换指导教授。

等到论文大纲通过口试，阿尔比暌违纽约剧场三十年后，竟同时有新作登台，而这部《三个高大的女人》（*Three Tall Women*）接下来获得热烈好评，也让剧作家拿下他生平的第三座普利策戏剧奖，百老汇趁势又把他几部旧作重新推出……

对自己择善固执的结果感到高兴，但是我心中更感激的是艺术家教会我的这一课：不由别人的评价或眼光来告诉你"你是谁"。几乎所有人都宣布他的时代已结束，在六十八岁这年，艺术家以新作告诉世人："我是阿尔比。"

如何能熬过中间那段从云端跌落，长达三十年的无人闻问？阿尔比的回答是，他这三十年从来没有停过笔。

二〇一六年阿尔比去世了。

我永远记得，在剧团朋友的派对上，我终于第一次近距离看到了阿尔比。朋友说："去啊去啊，介绍你自己，把你的论文送给他。"

我只是笑笑，不打算这么鲁莽，能够在一旁看着我的男神就已心满意足。如今他再度成为百老汇的男神了，不需要这时候让他以为，我不过是又一个来趋炎攀附的无知之辈。

他永远不会知道，我为了他差点赔上了自己的学位，跟系主任闹翻。我一直相信他是顶尖的，而他果然也没让我失望。

我为他冒过的风险，没有任何实质利益的考虑，单就只因为在做学问这条路上，我知道，我必须开始学习相信自己的判断与眼光。

曾经，就像《好人难寻》中的那个老奶奶，在求生与信仰之间，我也看见了真正的自己。

//////

小学毕业四十年,大学毕业三十年……就在最近几年,这类的同学会忽然多了起来。

照理说,这两年都在停薪留职,处于停顿状态的我应该对于这样的聚会难免感到有些迟疑。即使还在忙着教书、写论文的时候,我就已意识到,对于多数从事其他行业的同学来说,我的世界提供不了任何职场上彼此可互通有无的人脉资讯。同学会仿佛是被逼着走出自己的舒适圈,跟外面更大的世界比一比的勇气大考验。

但是我几乎是载欣载奔,每一场这样的聚会都没有错过。因为如今的我常想到,自己从小并不是一个容易跟大家打成一片的孩子,很早就是"文艺气息"罩顶又少年老成,要是被当成怪胎、眼中钉,被同学们捉弄或霸凌也并非不可能。但是这样的事一次都没发生过。

我仍记得他们对小时候身体不好的我常有的关心表现,帮我送作业回家,体育课帮我作弊,这种种小事都让我难忘。如果不是有他们陪我长大,换了一批人做同学,我的成长也许就完全不同。

并非每位出席的同学都有着飞黄腾达的人生，但仍愿意放下虚荣与比较之心，在我看来，热情参与的这份自在，才是人生成就见真章的时刻。

都知道我在写作，但真正读过我的书的同学却少之又少。某位称得上事业女强人的大学同学，问我都在忙什么，我说我在写书。显然对我作品一无所知的她，耸耸肩说了一句："你知道吗？我以前得过 ×× 写作班小说组第一名呢！"

我说是啊，我知道。

但说实在的，我不知道她这句话的意思究竟是什么。

不重要了。

我就是一个写作的人，不需要别人来认可，也不需要有人来附和，没有读过我的书没关系，只要是做自己的人，都是我的良师益友。

这样的人，他们的人生才是我更想要阅读的一本书。

老确幸

听说我要去听一场名为"橄榄树"纪念李泰祥的演唱会，年轻一辈朋友的反应竟是："不懂这首歌当年为什么这么红，旋律那么简单，好像儿歌喔！"

（不，一点也不简单，这背后是有故事的……）

想要解释的冲动一瞬即过。

你不懂得《橄榄树》又与我何干？就像你也不会知道，直到今天我听见约翰·列侬（John Lennon）的《想象》（Imagine）为何眼睛仍要泛泪。他只能用一首这么简单的歌告诉世界，不要忘记爱与和平，欲辩已忘言。

（世代交替，你我就像斑马线上面无表情、双向擦身而过的路人。）

脸书让你们横向的联结变得无远弗届，但是纵向的承先启后呢？

这些年，我常会努力回忆，我的父母在我这个年纪时候的样子。他们那时快乐吗？迷惘吗？会恐惧吗？

父亲五十岁的时候，我初一。母亲五十岁的时候，我才刚上大学。风雨飘摇的大环境，孩子又都还在念书，除了咬着牙继续往前，他们没有太多选择。

（未来的你们，又将会如何记得我们？）

我不会忘记，一九七九年只有三家电视频道的台湾，当时因故曾有几个月所有娱乐节目都停播，然后，不知整件事是怎么开始的，没有媒体打歌造势，几个月后《橄榄树》的一卷卡带在同学之间流传起来。

约莫同时，云门舞集的《薪传》一个一个乡镇开始巡回，校园民歌声中，十大建设也如期在次年全部完工。只有活过那个年代的，才记得台湾那时什么都没有，却开始慢慢什么都有了。仿佛十几年来的苦闷与愤怒都成了能量，原本眼看将是一艘沉船的台湾，后来竟乘风破浪，在八十年代经济起飞。

/ / / / / /

忙到快七点，匆匆在路边夜市吃了碗锅烧面，在周五下班人潮中好不容易拦到一辆小黄，对司机说了地点，砰地关上车门。有那么三五秒，一种久违了的安宁让人变得有些恍惚，整个人瘫在座椅上，无声的自己望着无声的街灯流离，竟也是一种幸福。我的台北。

"今天晚上世贸会议厅有什么活动吗？"司机先生问，闽南语的口音。

"是齐豫的演唱会。"我说。

"啊，齐豫喔——"

五十好几的大叔像是听到了一个老朋友的名字般，发出了开心的笑声："我最喜欢她那首——"

说到这里突然停电，下一秒没预警便开始唱："一条日光的大道，我奔走大道上……啊 kapa kapa 上路吧，这雨季永不再来……"听他唱得如此欢乐，我惊讶于他对这首歌确实钟爱难忘。人不可貌相呢。

在夜幕低垂壅塞的基隆路上，我加入他的歌声，为我们开出另一条车道，叫作记忆。

"司机先生，你几岁了？"

"五十八了。"

《一条日光大道》被朗朗唱诵那年，他是二十六七的春风少年兄，我是十六七的平头小文青。"小孩都大了吧？"

"我晚婚啦，大的刚上大学，小的才初一。"他说。

我一语他一言，目的地不一会儿已在眼前。下车前我说："欸，既然你也这么喜欢齐豫，要不要下车看看还有没有票？"

平日听多了小黄司机的抱怨，我本来预期他会反呛我："哪有你们这么好命，有钱听演唱会，我们日子都过不下去了……"

没想到他沉默考虑了五秒钟，最后开心地回答我："算了，我看我还是等演唱会结束，回来这里做生意就好了。"

等下了车后我才闪过这个念头：他那个念大学的孩子，会不会正在静坐抗议？做父亲的继续哼起《一条日光大道》，踩下油门，穿梭在台北的大街小巷，又是什么样的心情？

//////

曾经我们这一代相信的，用这一生所谓黄金时光所投注的，都正在面临着泡沫化。

我们的黄金时期？说穿了，都是在没有戳破的假象下，一知半解地在兴高采烈罢了。

曾经，我们努力读书，一张大学文凭就可以成为翻身的敲门砖。听从长辈的经验，相信只要进入一家大型、历史悠久的企业组织，或是公职体系，一步一脚印，我们的付出即可换来相对的保障，但是这样的契约已不复存。

曾经，我们相信科技文明与公民素养是提升生活质量的要素，从没想到原本应相辅相成的利器，到今天成了彼此颠覆毁灭的矛与盾。

曾经，我们天真以为人类一定是往更优秀、更文明的方向演进，明天一定会更好。如今才看到人类彼此残杀、自我毁灭的劣根性原来总在蠢蠢欲动，战后婴儿潮所经历的欣欣向荣并不能永保后世恒昌，也许只是因为"二战"

带来的恐惧与创伤，人类到底安分不了多久。

从贫转富，又从盛转衰，我们这一代都已经历过至少两次社会环境的翻转。

但是，现在的我不认为有什么东西会理所当然地永远存在，也不相信若少了什么我的存在价值就一定面临否定。

因为从无中走来就不怕匮乏，不怕才可以卷起袖子重新来过。四十年过去了，我们也有属于我们的老确幸。那就是，走过了，面对了，就知道人生不过就是这么回事。

天底下没有白走的路，因为你们这一代还没有走过，所以看不见什么叫历史重演，或者说无法辨识那些我们早已看穿了的重蹈覆辙。

在美国生活多年的我，反观这个超级强国，得到的也是同样结论。从二十世纪八十年代末看到的里根保守主义当道，到九十年代后克林顿的自由主义抬头，又在"九一一"后如钟摆效应发酵，到后来的特朗普当选，美国走上了极右民粹之路，这中间岂有一定的对与错？跟真理正义又有啥关联？

不过就是慌慌张张的老百姓在病急乱投医啊！

//////

怀念中的那个歌声，再次唤起了记忆中的心跳、苦闷与悲伤。时代永远是颠簸、崎岖又充满险恶、未知的，因为我们走过，所以才不忍苛责。当年若不是也曾怀抱着理想，活在那样灰暗的年代，我们怎么会有走下去的动力？

没想到整晚最令我感动的一首歌，却已不再是《橄榄树》了，反而是齐豫向凤飞飞致敬所演唱的《掌声响起》。咦，当年在校园民歌对立面的，不就是凤飞飞、邓丽君这种"靡靡之音"吗？

（原来，有些掌声，是需要一个世代的等待与沉淀后，才更响亮。）

不需要继续流浪去寻找梦中的橄榄树了。

因为在这块土地上，我们都早已绿叶成荫。没有倒下的我们，最后都成了自己生命里的那棵橄榄树。

不是我们老了，不懂得什么是热血与激情。朝美国大使坐的车丢鸡蛋、跟教官拍桌子好像还是昨天的记忆。正因为如此，总得有人留下来守护着这份记忆，记得这一切不是因为一张选票或一次抗争就翻盘实现，而是多少人用了半生的岁月，好不容易才让所谓的自由一点一滴融进了生活。这中间尝试了多少的对话，多少的包容，耗费了多少的耐心，经历过多少次的期望与失望。这些，都是你们今后才要开始面对的。

（野百合如今安在？……梅花还能越冷越开花吗？……）

总有旧的谎言被揭穿，新的神话又来补位。比起上一个世代，年轻的你们至少从出生便已免于生存的恐惧。

你们总在"好"与"更好"之间挑拣，不知道从无到有这之间过程的漫长。也因此，你们从不知道有些事情的答案，并非二选一而来。曾几何时，只要有一道似是而非的二分法魔咒出现，大多数的人就身不由己，像看到滚轮就死命跑的白老鼠。

你支不支持 XXX？你支不支持 YYY？

当这样的思维与讯息充斥，关心的主题便已不再是公共事务，而是一种针对个人的泛道德检视，只闻风声鹤唳，再也没有对话。

人生中没有哪一种选择，不会隐存着事先未见的风险与事后的遗憾。没有哪一次难关，最后解决之道不是因为静下心来，靠自己找到出路。旁人的关心或承诺，都不过是杯水车薪。

成长是可能且必需的，每一次的未来，只有在坚持与不断修正的辩证中才会发生。你可以继续在面对困难时不断犹疑、猜测、恐惧，或者停止人云亦云，找出问题的钥匙究竟在谁的手上，以及只能适用于你的答案。

（总得有人对你们说说实话了，而不是一味地肯定与鼓励。）

所有的二分法，最后一定两败俱伤。乱世里最聪明的生存之道是两面夹攻，而不是同归于尽。

你们尽管去冲撞，但我们也有我们的战场。能够当一个守护的人，需要如坡上之树抵御着泥石流。那种盘根抓地的坚定与耐力，你们还没这造化。

或许当哪一天想到，该是回家的时候了，那时你们才会发现，我们为你们守住的是什么。

不老红尘

在地铁上放眼望去，每个车厢里几乎百分之八十的人都在低着头玩手机，对外界动静浑然不觉，正好让我把形形色色好好打量个够。

早几年在地铁上，大概还能观察得出哪些是本地人，哪些不是。这两年如果对方不开口，感觉起来都一个样。

自己不玩手机，但是会偷瞄一下身边的人究竟看什么看得那么起劲。

三十来岁的小主管，手机上播放着日本卡通片。满脸胡茬看起来像是会玩重机车的大块头，盯着屏幕上一只狗狗不停跑来跑去的影片。

坐旁边的家伙一直在自言自语，原来是蓝牙耳机挂在我没看到的另一侧。稍稍凑近才听见，讲的是泰国话还是越南话。本以为是本地的大学生，原来是个外劳。

外劳与大学生、小主管与青少年、机车大叔与儿童之间的差别变得如此模糊，还真教人错乱啊！

对面一排老太太都是盛装，应该是要去吃喜酒。

上过发卷再刮挑，最后喷上很多发胶的硬邦邦的鸟窝头，是我童年时坐在美容院角落等候母亲时常见的形象，如今又原汁原味出现在眼前。

不同的是，当年环顾所见的少妇们，如今都已是七十开外的老妪。

胸前的翡翠坠子与指上的红宝石戒指，那色泽与刺目反光一看就假，但是如假包换的却是她们脸上的雀跃之情。排排坐着并不嚣张交谈，更不会滑手机，发现我的目光也不会不自在。多数的时候，老太太们都在注视着车窗外流动的站景。不是放空，那眼神里有太多的记忆以及人情的流转。

（待会儿该会碰到四妹吧？……五哥最近身体还好

吗？……六婶的女儿也该嫁了，怎么都仍无消息？……）

　　偶尔垂目兀自一笑，欢喜还能吃到这一席喜酒。大风大浪走来活到今日，不尽如人意也算圆满了……

　　拉拉镂空金线钩织的披肩，再低头瞧瞧脚上的半高跟包头白鞋，抱紧了在胸前的提包，里面想是装了一个厚厚的红包袋。一切都打理得当，连老天爷都帮忙，是个无风无雨的好日子。

　　／／／／／／

　　我简直看到发傻。

　　有那么一刹那，我仿佛觉得自己也活在她们的岁月里。

　　她们是属于过时的人吗？过气或与时代脱节的人怎么会有这样的气场？那样笃定而安然的姿态让人目不转睛，应该就叫作"风格"吧？

　　我多么惊喜还有那样的美容院在为那样的老太太做那样的梳妆，在某个城市角落里仍然静静行礼如仪的另一种美学。

　　但千万不要有一天什么文创把脑筋动到了这上面来，一旦被贴上一种怀旧标签，或被媒体与文化评论介入，就永远不会是同样一件事了。有些东西，当才想要开始关注或保存它的时候，往往都已经走样了。

　　这样的一身穿戴虽已少见，但不得不说，还是有一种完整。

　　重点是穿戴的人，把这身既隆重又廉价的衣饰穿出了它的故事、它的价值，关于养儿育女生老病死。

　　相信，是这个价值的核心。

　　没有自豪也没有自卑，只是相信与重视，这一场即将赶赴的喜筵对自己人生所具有的意义。

　　多年后的某一天她们仍会记得这个日子，也许还会郑重其事地将这天穿戴的首饰当成贵重家传留给子孙。因为曾经那么开心地珠光宝气过，于是心满意足地留与后人她们心中最价值不菲的生命与记忆。

　　然后，再也没有这样的一排以如此方式盛装的老太太会出现在地铁上。但是她们从不曾消失。

　　记得的人永远会记得，如此而已。

（这就是文学啊！）

／／／／／／

年老也像是一种创作。

除了命题与想象力之外，更需要的是老太太那种自信与坚持。

不再是为了满足虚荣或追附潮流，之前看不出来的废辞赘句，现在要一目了然并诚实面对，删去那些矫揉造作，最后只留下自己读来不会汗颜的佳句。

每一个段落，都因人情练达而早有布局。面对旁人的眼光，解读由人，只要自己清楚不违背心意就好。

面对人生，有时思索，有时踌躇，就像下笔准备要完成另一篇作品那样，每一个句子都要写好，就像人生的每一步也要走得清清楚楚。

每一个生命阶段，若是都能留下可以被引括或朗诵的句子，哪怕只是一两句，都已经足够了……

／／／／／／

人类与动物最大不同之处，在于人有语言的力量，愿意相信自己可以形塑出传承智慧、分享感动的生命模式。我一直相信，文学是人生与人生之间彼此的映照。

重读杜拉斯的《情人》，当中有一段话让我震惊。她说：

写作，若不能每次都把最复杂难解的事情，借由穿透某项不可说的核心本质，将它们呈现出来，那么它就不过是广告宣传品罢了。

若是早几年，也许我还不能对她的体会有那么深刻的认同与理解。永远没有简单的答案，回忆中总还有太多被遮蔽的回忆，书写只是为了再一次发现，书写必须被打破的框限，而我能凭借的也只有这两者，用以对抗谎言充斥的这个年代。

二十岁出道，三十岁之后因为各种压力而无法开心写作，四十岁后忙于行政与升等，一直到四十五岁才重新动笔，现在想想，这个过程自有它的道理。因为五十岁还能得到肯定，还被期待继续写下去，远比在二十岁时受到同样鼓励，要更懂得珍惜与感激。

"我是谁？我从哪里来？要往哪里去？"

看似无奇的三问，一直等到人生半百，才终于了解其不可说之重。

虽然在未来的人生中，不会再有一场家族盛会等着我，但是我不会忘记，我从何处来。我也将永远记得，这些日子以来的每一天，记得从中年走向未来的每一步，想象着自己又将往何处去。

重 新 计 时

入秋了。

傍晚时分走出地铁站，离相约时间尚早，我便在忠孝复兴站外的人行道上坐下，又当起了大城市里的乡下人，研究起来往人群。

崇光百货大楼浅绿色的灯光墙面耸立面前，说它是外星人的飞行器降落于地球也不无可能。人潮一波波进出地铁站，繁忙紧凑，却又显得无比荒凉。

然后，我突然想起了多年前初到纽约时，我也时常像这样坐在街头，或某个公园的角落，看着周遭的人来人往。

当时美国经济严重衰退，纽约街头处处是流浪者与垃圾。二十五岁的我，面对这一切简直觉得不可思议，有时还能气到笑出声来。

面对眼前一个全新的可能，不需要立刻决定什么，也没有足够的经验去决定什么，那个自己为什么能活得那么理直气壮？

（那样的我哪里去了？）

当时并不知道，接下来这段纽约时光对我的人生会造成什么样的改变，但永远记得的是，曾经因为陌生所带来的心惊胆战，隐隐感觉到快速流动中的血液，都在告诉我：一切才正要开始发生……

因为年轻，世界是陌生的这件事，曾经如此理所当然。因为感受到陌生，才有了好奇的动力。

一个人在陌生的城市，可能是被自己的孤独放逐，也可能是打开孤独，让新的可能进来。

二十七年后，独自坐在台北街头，我又想起了那个曾经目光无畏的年轻人。仿佛又回到当年那个情境，面对未知，面对孤独，也面对"一切才正要开始发生"。

一念之间，那个我仿佛又来到了面前。

十六岁发表第一篇小说，大学还没毕业就出了第一本书。也许就是起步太顺利了，在二十几岁还无法决定未来要往何处去的时候，以为写作只是已尝试过的一个选项，还有那么多没有尝试过的路，怎知我不行呢？

从小成绩都是名列前茅，大学联考第一志愿台大外文系，拿到博士，拼到了正教授……总认为没有我不行的事。但是我一直不快乐。太多的努力都只是为了证明，我也可以有资格快乐。

殊不知，快乐只是悲伤的反面，并不是单独成立的绝对值。

至今虽然还是有朋友会认为，我当年没有在纽约好好打拼，做一个功成名就的"海外学者"或"旅美艺术家"，颇为可惜。也因为在异国他乡经过了感情上生离死别的重创，我常有往事不堪回首的惊与悲。但是我忘记了，这件事情的最宝贵之处不在于实质的结果是否令人羡慕，而是我曾经跨出过那一步，勇敢地尝试过……

让现在的孤独，成为一种人生重新计时后必然的状态。因为一切才要发生，所以必须让自己处于一种宽容与开放的心情。

　　（又可以去面对一个未知的开始，连孤独也会变得青
春吧？）

年 年

就要除夕了。

从十天前就开始提醒父亲，见了面第一句话就是，下周除夕啰！每天说一遍，还顺便带上各种春节应景摆设与道具。今天是花，明天是糖果，后天是春联。一天一样，就怕父亲不晓得，他又度过了有惊无险的一年。

今年依然回到同一家花店买了两盆兰花。一盆放老宅，一盆放我的小窝。虽然明知道不会有人登门拜年，但还是花了点时间把两处都布置了一下。花店老板娘很大方，花器中各式的金银元宝、爆竹、橘果装饰插得满满，我在一旁看着她工作，觉得她的作品比一棵圣诞树还更闪亮华丽。

　　十多年在国外生活，碰到春节这个日子，只有特地去中国城才能感受到一丝年味。回台湾后，发现跨年的节庆欢乐气氛已经远远超过这个传统的农历年，朋友们都趁着年假携家带眷出国，连放鞭炮这个活动也因环保还是公共安全理由被禁止了。我现在怎么也回想不起来，在父亲与我疏远后的那些年，我一个人都是怎么过年的。想必是下意识里压抑了那段不愉快的记忆吧？

　　（我可以二十年不过年，但在心底却无法否认，我是喜欢这个节日的。）

　　年前跟同样单身的老朋友约了碰面，她也是过年就安排出国的那种。我问她，等年纪再老一些，都不会想要留下来在台北过年吗？

　　她反倒很惊讶地反问，如果只剩自己一个人，为什么还要过年？

　　我说，我已经跟自己约定，就算以后一个人，也要照样买花、挂春联、订年菜。

　　除夕夜一个人自己在家涮锅子，真有那么可悲吗？我不知道。

或者说我无心也尚无勇气,把那样的情况想得太具体。毕竟目前还有父亲陪我过年,在订年菜的时候,我仍还是怀着期待的心情。

（虽然父子二人过年能做的,也就是好好一起吃顿年夜饭而已……）

/ / / / / /

想起小时候,大年初三这天父母总会在家里自己下厨宴客。

在那个年代,请客没像今天这么讲究,不必非要上馆子,也不需展示什么特别手艺。只不过父母亲平日都工作,在家里请客的机会不多,除非是有亲友难得远道而来,再者就是大年初三这一顿,请的都是几位退休的单身伯伯。

这几位只身在台的老人,都曾经是显赫一时的人物。顾伯伯是邵氏电影公司旗下南国演员训练班的创办人,由他调教出来的邵氏大明星不知凡几。贾伯伯在大陆时就已经活跃于话剧界，来台湾后更是推动现代戏剧发展的重要功臣。

但是最让我意想不到曾经有多风光的，是一口浓重的四川话、喜欢戴着一副深色眼镜的郑伯伯，圆滚滚的身材配上他白皙的皮肤，现在想起来，还真像只熊猫。

父亲告诉我，在抗战的时候，郑伯伯被任命为中国电影制片厂厂长。那是当时后方最重要的文艺重地，郑伯伯手里掌握了最多的资源与人才，拍过多部鼓舞民心的大片，以及许多珍贵的纪录片，如我们这一代人最耳熟能详的《中国之怒吼》。

来到台湾后，老蒋特别召见，三个电影公司任他挑。

"结果我们这位老兄狮子大开口，要老蒋给他一百万美金，另成立他自己的电影公司，这下犯了老蒋的大忌，忠诚有问题，从此就被打入冷宫了。"贾伯伯说。

三位伯伯在他们那个年代都是新派人物，离了婚后一直单身，也不想麻烦国外的儿女，所以都独居在台北。顾伯伯与贾伯伯都小有积蓄，郑伯伯不知为何，反而是三人中景况最差的,栖身在学校分派给他的一间单人小宿舍里。

晚景虽然有些凄凉，但最风趣、乐观的也是他。对电影从未死心，仍在自己写剧本与构想各种拍片计划。现在想来，那都已是痴人说梦了，但是他永远能讲得眉飞色舞，一开口描述起他脑中的电影分镜，就完全进入忘我的境地。

//////

在准备年货采买的时候，不知为何，多年都不曾想起的这几位伯伯，他们的身影突然又浮现眼前。

想必都已作古多时了。

想当年在我们家，大年初三这一天上演的可是全本的中国电影与戏剧史呢！

那时的他们也不过六十多岁吧，可是在小孩的眼中，觉得他们都好老了。然而，我总记得他们几位精神抖擞、衣冠楚楚的模样，从不曾像某些失意文人，几杯黄汤下肚后，便开始指天骂地。大年初三这天有他们来做客，屋里总是笑声不断。

如今自己也有了些年纪，才更懂得欣赏他们的修养难得。即使早已失去了舞台，却能不酸朽也无牢骚。尤其想到郑伯伯的赤子之心，对比着他曾经辉煌的经历，让我看到上一辈文人与今日文化人求官贪名之不同。

我也看到我的父母待人宽厚、温暖的一面。关心几位过年时孤家寡人的老大哥们，年年特地下厨邀请他们的这份诚意，远比任何珍馐盛宴还更有滋味。

那样一个以诚字为贵的年代，随着年味的淡薄，也早已消逝了啊……

／／／／／／

虽然订购了狮子头、佛跳墙、红枣人参鸡汤、金瓜米粉、八宝饭这几道年菜，但是过年没有一条全鱼总是不成的。

研究了网络上的各种食谱后，决定要来自己试做清蒸石斑。

（或许以后每年过年都可以来学习一道新菜？）

那个落单的椭长老瓷盘，早早便教印佣从柜中取出清洗好。

抹好盐酒的石斑放进装满水的大铁锅，点火，计时十五分钟。拿出另一个小锅开始把香油与色拉油烧热，一面教印佣怎样切出细葱丝。

开锅，把鱼取出。淋鱼露，放上葱姜。热油滚烫浇下，立刻一股鲜美的香气爆发。

几分钟前手忙脚乱的锅盘声霎时归于宁静。姿态婀娜的石斑躺在久违了的瓷盘中，黑白相间衬着青绿，一种素雅的丰盛。

我注视着那幅画面良久。

直到视线都朦胧了，耳畔开始出现嗡嗡的低鸣。

听起来像是在某处聚集了满满一屋子的人，那些模糊的激动、闪烁的低语，正从某个遥远的时空，一阵阵传送到了这个告别的夜晚。

一如我的心跳，穿越了记忆，也正穿越着未来。

后记

从一年前开始动手写下这本书里的第一篇，一边写着，父亲也一边继续在老着。等到书已完成，回头再看到当时记下的点滴，竟然许多已是无法再按键重来的记忆。

父亲的话更少了，打盹的时间更长了。现在的他，有时会突然抓住我的手握着，所有他再无法组织成字句表述的感受，只能写在那掌心里。

我想，我要用文字记下的，就是在那样的一握里，所有以前的我所无法懂得的人生。

大多数的我们都在回忆过去，但是我仿佛想起了我的未来。

所有在眼前的路，其实我们都知道它会带我们前往何处，只是我们都不愿意承认。那样的前方并非未知，有可能是早就在生命中发生过的种种，只是我们从来都逃避或未正视。譬如说，孤独。或者是，悲伤。

我们都希望青春期的格格不入与自我怀疑不要再发生，曾经闭起眼咬紧牙跨越过的两难与背叛不会留下记录，但是我现在渐渐相信，人生的下半场不过是同一张试卷的重新作答。

/ / / / / /

那时，我还没出国念书，在报社上班，下班回到家都近晚上十点。因为年轻好胜，我还跟出版社签了好几本书的稿约，同时接了报社许多的采访稿，努力赚稿费存钱，心里还没放弃留学的梦想。所以，过了午夜便是我挑灯夜战的开始，埋头写稿。母亲身体不好，总是早早就寝了。父亲通常晚睡，在客厅里看他的电视。

某天，他忽然伸头进我房间，问我要不要喝疙瘩汤。

父亲拿出冰箱里的剩菜，我们家里管那叫"zhé luó"。我从来不知道那是哪两个字。就像许多在我们家里会讲的外省地方土话，从来只会说却都不会写。父亲用大碗装上一点面粉，再放进一小匙清水后，就快速用筷子如打蛋般翻搅，于是碗内就会出现一把如绿豆般大小的面珠，倒进大锅菜的热汤里滚煮，接着再一次重复同样的动作。从头到尾我都在旁边看着，这是父亲唯一完整示范教学过的一道面食。

"记着，水绝对不能放多了，那样就结成了死面块。不能急，慢慢打，小面疙瘩才松软好吃。"父亲说。

后来，在许多馆子里吃到的面疙瘩，正是父亲所说的那种"死面块"，大如香菇，硬如牛腩，被我认定全是冒牌货。我家的面疙瘩一粒粒滑溜如蛋花。

在美国留学的时候，遇到下雪的冬夜，我也会依父亲教的做法，为自己煮碗疙瘩汤取暖。

唯一不同的是，再也不会听见母亲第二天起床后，看见厨房洗碗槽里堆放的锅碗，她一定会用揶揄中又带着默许的口吻补上的那一句："你们爷儿俩昨晚又吃疙瘩汤啦？"然后就会听见她开始洗锅的声音……

/ / / / / /

我的人生上半场，现在想起来，在那时就算结束了。

那个几乎像是可以从此安稳、幸福的家，还有我以为没有理由不会实现的幸福想象，接下来却一步步走向毁坏。

在历经了这些年种种剧变后的我，如果还能找到什么力量在支撑着我往前，我想就是类似的、许多以往并不觉得有何重要的记忆。

当一切已物是人非，那些在残圮中赫然发现的小细节，往往会产生强大的能量，如同科幻电影中由一个基因化石可以复原整个侏罗纪。

人生阶段的分界，未必是以时间来度量。抛开了线性时间的枷锁，也许会发现，下半场才是故事真正的缘起。我们的上半场过得何其匆忙、粗糙，并不曾看清楚试卷上的问题为何，却总以为标准答案存在。

写作，如今对我而言最重要的意义，就是填上属于自己的答案。

常遇到《何不认真来悲伤》的读者问我，写这样一本书是否给我带来了疗愈？我的回答总是，是的，但不是在当下的那个写作过程。因为疗愈不是一场驱魔，或是一阵大悲大喜的解放，它是一个每天在进行中的功课。真正的疗愈是学会了如何在满目疮痍中，找到那些强韧的生命碎片，进而发现，以往那座人人奋力攀登的高塔，原来可能不堪一击。从求之不得到心安理得，只有靠诚实地不断自我对话。

不再逃避生命底层我们终须面对的告别与毁坏，之后才是疗愈真正的开始。这本《我将前往的远方》，某种程度来说，更像是记录了我接下来的自我修补。

年过五十之后，我才认识到自己真正拥有的能力，不过就是坚持而已。

难关还在持续，悲伤让人安静，我期许一个更清明的自己。

图书在版编目（CIP）数据

我将前往的远方 / 郭强生著 . —— 北京：中国友谊
出版公司 , 2022.8

ISBN 978-7-5057-5496-6

Ⅰ . ①我… Ⅱ . ①郭… Ⅲ . ①散文集－中国－当代

Ⅳ . ① I267

中国版本图书馆 CIP 数据核字 (2022) 第 106817 号

著作权合同登记号　图字：01-2022-3763

本书由台湾远见天下文化出版股份有限公司正式授权。

本书中文简体版权归属于银杏树下（北京）图书有限责任公司。

书名	我将前往的远方
作者	郭强生
出版	中国友谊出版公司
发行	中国友谊出版公司
经销	新华书店
印刷	嘉业印刷（天津）有限公司
规格	880×1194 毫米　32 开
	6.25 印张　107 千字
版次	2022 年 8 月第 1 版
印次	2022 年 8 月第 1 次印刷
书号	ISBN 978-7-5057-5496-6
定价	49.00 元
地址	北京市朝阳区西坝河南里 17 号楼
邮编	100028
电话	（010）64678009